二百年の子供

大江健三郎

中央公論新社

二百年の子供　目次

画　舟越　桂
装幀　中島かほる

二百年の子供

1章　冒険を始める前と終わった後で

1

「三人組」がどんな子供たちであったか？　まずそれをいくらかでもいっておくなら、めいめいの好きな言葉をあげるのがいいと思う。子供が好きな言葉は、たいてい、いつまでも同じじゃないけれど……

毎年、四国の森のなかから出て来ていたおばあちゃんが、おみやげを渡してくれた後、「三人組」がもらったもので楽しむのをしばらく見守ってから、おかえしにいってもらおうとしたのが、いま好きな言葉。

二年前、それが最後のおみやげになったが、小学校の六年生だったあかりは、色鉛筆を六本もらった（この色が本当に好きだと思う空色のしんのを六本）。嬉《うれ》しさと申しわけなさに赤くなりながら、

――私は、この前と変わらなくて……「あんぜん」です。

と答えた。

ひとつ年下の弟の朔《さく》は、『樹木図鑑』からあげた目を、ちょっとにらむようにして、

――とくに好きだというのでもないけれど「むいみ」。

そういってから、説明した。

よく使うらしくて、クラスの連中がぼくのあだなにしています。

いつもクラシック音楽のCDなのに、その年は、おばあちゃんが描《か》いた水彩画の入った紙箱をもらった、十六歳だった兄の真木《まき》は静かな声でいった。

――「ながもち」ですね。

2

「森の家」を基地にしての、「三人組」の夏休みの冒険が終わった後、あかりは、その進行中にも思っていたことをしみじみといった。

――こんな大仕掛《おおじか》けになるとは思わなかったね。

――しかし、現実にはなにも起こらなかったんだから。

と朔は答えた。

真木は、ゆっくり時間をおいてこう続けた。

――私は「ベーコン」を助けに行きました！

そして、きれいな柴犬の「ベーコン」はいまも家にいるのだから、現実にはなにも起こらなかった、とはいえない。それでも、両親がアメリカから帰って来たお正月に、「三人組」は何日もかけて長い話をしたが、朔は同じことをいった。

その時、母は考えごとをしている様子で黙っていたが、父はこういった。

――大冒険だったのか、現実にはなにも起こらなかったのか、「三人組」で思いだすことを一冊の本に書けばいい。そうすれば、きみたちになにもなかった、ということではなくなるから。

この半年で、あかりと朔はふたりとも身長が十センチも伸びたんだね？　真木くんはそんなにじゃなかったが、やはりさ。きみたちのからだのほとんどあらゆる部分が、いくらかずつ大きくなってのことだ。それだけでも、子供は大変な冒険をしているんだと思うよ。

――心の、ほとんどあらゆる部分も。

母は、しんみりいったのだった。

3

「森の家」は、真木が障害を持って生まれたのを知って、おばあちゃんがふたりで暮らそうと建てた家だ。しかし、両親はその申し出をことわった。おばあちゃんは真木に会いに（あかりと朔が生まれてからは「三人組」に会いに）毎年、東京へ来た。ところが去年は、からだが弱って旅行ができなくなった。一度だけでも「森の家」を真木に見せたい、といっている。そう書いた手紙が、おばあちゃんと一緒に暮らしているアサ叔母《おば》さんから来た。

あかりと朔も招待されて、その夏休みに出かけることになっていたが、クラブ活動と模擬テストで予定がたたなかった。秋になってから、父と真木だけが「森の家」に行った。そこで出会ったのが「ベーコン」。

東京に戻った真木は「ベーコン」のことを話したいようだった。そこであかりがカードに質問を書いて答えてもらった。

「ベーコン」は、なにを食べますか？　ベーコン。

「ベーコン」は、なにを飲みますか？　水。

「ベーコン」は、さわると柔らかいですか？　夏のようなものです。馬のからだと同じです。

「ベーコン」は吠《ほ》えますか？　「森の家」では、そんなことはありません。

「ベーコン」は、真木がカシの木立のなかに立っているのを見つけた。距離をとって、姿勢よく見あげている柴犬に、ベーコンを投げてやると、そのままの位置で食べる。ほかのものには見向きもしない。スープの残りもだめ、水だけ飲む。慣れてきた「ベーコン」に、真木は一度さわることができた。

父たちが東京に出発した後、おばあちゃんがアサ叔母さんの車で「森の家」の戸じまりに行くと、カシの木立に犬が立っていた。真木の置いて帰ったCDを聴いていたおばあちゃんが、ふと気がつくと、犬がベランダの方へ頭をあげている。

――真木さんがベランダにいられるのか、と思いましたよ。犬は投げられるものを食べる仕《し》種《ぐさ》を何度もして、森へトットと登って行きました！

おばあちゃんの電話に、父は笑いながら、真木の魂が「ベーコン」に会いに行ったのじゃないですか、と答えていた。

聞いていてよくわからなかった、とあかりがいうと、父は生まれた村の言い伝えを話してくれた。

「童子《どうじ》」といわれる特別な子供がよその世界に行きたくなると、「千年スダジイ」の根元のうろに入って、会いたい人、見たいものをねがいながら眠る。心からねがえば、会いたい人、見たいものの所へ行くことができる。

朔が面白がって、「夢を見る人」のタイムマシンだ、といった。それを聞くと、真木は強く頭をねじって、横を向いてしまった。養護学校の先生から、真木君には夢ということがわからない、と家庭訪問でいわれて、この言葉が嫌いになったのだ。

4

さて、この夏、「三人組」で四国の「森の家」に着いた日の夜に、真木がいなくなった。後から考えると、それがすべての冒険の始まりだった……

夕方まで、窓の向こういちめんカシの木立の居間で、兄は音楽を聴いていた。小さい時から、FMのクラシック番組がある間は、けっして動かない人。あかりと朔が荷物の整理をした。明るいうちに夕食をして、あかりは二階の、兄と弟は一階の寝室に引きあげた。

すっかり暗くなって、あかりがガスの元栓をしめに降りると、離れに住んで、この家の管理をしてくれているムー小父《おじ》さんが、キッチンからの光のなかで手をふっていた。

——真木さんに発作《ほっさ》は起こらなかった？

あかりが見に行くと、二段ベッドの、兄の分の下段に腰をおろした朔ひとり、オリエンテーリングの地図を調べていた。顔をあげた朔は、青ざめているように見えた。問いかけてもなにもいわない。あかりは、ムー小父さんにドアを開けに戻った。

——兄は、「千年スダジイ」のうしろで眠る、といいました。

朔はムー小父さんにそう答えた。

——サクちゃんが、安全だと見きわめた上なんだね？

——朝になれば、ぼくが迎えに行きます。

——暗いなかで目がさめて、水が飲みたくなったらどうするの？

あかりは胸をドキドキさせて高い声を出していた。

——真木さんをくるんだ毛布の脇に、ペットボトルを置いてきたから。自分でも冷蔵庫からなにか取り出して行ったよ。

キッチンに戻ってみると、迎えのアサ叔母さんが空港で買ってくれたハムやソーセージの真空パックの紙箱が開いて、ベーコンの枠だけ空になっていた。

「ベーコン」に会いに行ったのだ、パパの話した言い伝えを信じて、とあかりは考えた。森の深いところのシイの木のうろに入って眠ると、本当に見たいとねがっている人やものに会うことができる、と……

2章　ムー小父さんの秘密

1

東京とちがって、深い海の底のように静かななかで、あかりはズーン、ズーンという不思議な音を聞いている気がしていた。やっと眠れても、すぐ目がさめた。まだ暗いけれど、鳥の声がしてきたので朝だときめて、洗面所に降りて行った。朔《さく》も起きて来た。

出かける準備をする間も、朔は固くしたこぶしのような表情だったから、

――ピョロ、ピゥエと鳴く鳥がいちばん早いのね、とだけあかりは声をかけた。

――オオルリかな？　ぼくにはピー、ジェッと聞こえますけど……

ムー小父《おじ》さんは、「森の家」の管理人らしい山歩きの支度で、離れの前に立っていた。やはり言葉少ないムー小父さんに続いて、落ち葉とマツボックリだらけの道を登った。マツヤニの香りが漂っている森に入って、暗い下を谷川が流れている木の橋を渡る時、ここは周《まわ》りの石垣

もふくめて自分で修理した、とムー小父さんがいった。朔はよく見まわしてうなずいていた。

あかりは、勢いのある水の音を聞いて、さかさまに落ちた真木《まき》が流れて行く様子を思った。

……真木は、青く晴れわたった空を背景に、スックと立っていた。うろのほかはコブコブの岩山のようなシイの、雷にやられた幹が折れて横たわっている。その腐ったところから生えたシイの若木と並んで、元気な顔をしていた。

涙声になりそうで、あかりは声をかけることができなかった。朔はうろに置いてある毛布とラジオ、ほかにもいろいろを取りに行った。ムー小父さんだけが、

――お早よう、真木さん、とあいさつした。

――お早ようございます！

あかりはやっと普通の声が出せるようになっていた。

――「ベーコン」はいた？

――ベーコンを食べましたよ、と真木は答えた。

――よかったね！　真木さんを覚えていたんだ。

――私は「ベーコン」を覚えていました。

静かにそういってから、真木はなにか自分にもよく思いだせないことを思いだそうとしている様子。それからこういった。

――おばあちゃんもいましたからね。

あかりはドキリとした。しかし朔は、もうすっかり柔らかくなった顔を朝日に輝かせて、真木のいったことに乗っかっていった。

――おばあちゃんは去年亡くなられたけど、真木さんは「夢を見る人」のタイムマシンで出かけたんだものね！

――私は、夢を見ないと思います、と真木はいった。

2

朔が、ムー小父さんのリュックを借りて、真木の使ったポータブルのラジオやペットボトル、そして毛布や枕をつめこんだ。あかりもパジャマをたたんだ。シイの木のうろの、古いキノコのような匂《にお》いはするけれど、湿ってはいなかった。

リュックを背負って、勇みたって歩く朔に真木とあかりが続き、行列の終わりにムー小父さんがついて、登りの時よりいろいろ鳥の声の聞こえる道をくだった。

帰りつくと、あかりも勇んで朝食を作った。真木がベーコンを持ち出した紙箱の残りと卵で。朔に手伝ってもらって後片付けをしていると、頭と背に紺色《こんいろ》の模様のある小鳥の群れが、鳴きながらガラス窓の向こうの木に移って来た。

——シジュウカラが虫を食べに来るということは、まだ朝が早いんだ。

やはりおばあちゃんにもらった『野鳥図鑑』をよく読んでいる朔は、そういった。

あかりがベッドを用意しておいたのに、真木は居間に残っていた。そして、あかりと朔を意味ありげにふりかえると、CDをかけた。

——真木さんが「ベーコン」に会ってた時、おばあちゃんはここでCDを聴いていたの？

朔が朝食の時の話をむしかえした。

――この曲？

――私が置いて行きましたからね。

――モーツァルトだと思うけれど、とても早いピアノ、とあかりはいった。

――ケッヘル三一〇のソナタですが、この楽章を、グレン・グールドは早く弾《ひ》きます。

真木の横に座って耳をすませるうち、あかりには、ベランダの脇に見えるカエデが秋になって明るく紅葉した様子と、それを見上げているおばあちゃんの姿が、本当に見るように浮かんできた。

ある年の好きな言葉に、真木が「すてご」といって、おばあちゃんを驚かせた。そのすぐ前、養護学校の裏に捨てられていた赤ちゃんを真木と仲間が見つけていた。朔が、真木には、「すてごをたすける」ということが気にいったのだから、「たすける」といった方がいい、と訂正した。

その時、東京の庭は紅葉していた。おばあちゃんの言葉も、あかりは思い出した。

――あなたらのお父さんは、子供のころにな、谷間の川で溺《おぼ》れそうになりながら、自分ではなにもしませんでした。私が助けに来るのを、待っていました。あなたらは、「三人組」で、おたがいに助け合ってね。自分を助ける力も、つけてください……

あかりはいった。

――昨日の夜、真木さんは、去年の秋の一日まで行ってたのね。パパたちが帰った後、おばあちゃんはベランダの方に真木さんがいるように感じたといわれたけど、昨夜の真木さんにもコンポの音は聴こえていたんだから……

——おばあちゃんより「ベーコン」が、未来から来た真木さんをしっかり感じとったと思うよ。犬は感覚が鋭いからね。本当にベーコンも食ったんじゃないか？

——本気でそういってるの？

——シイの木のうろにベーコンが置いてあるか見に行ったけど、カケラもなかったよ。

3

この日の、まだ昼前のこと。森を走る林道からの急な坂道を、アサ叔母《おば》さんが野菜を山盛りしたかごを抱えて降りて来た。昨日は麻《あさ》のスーツだったが、薄いジーンズの上下で、いかにも働き者の感じ。あかりと朔が迎えに出て行った。

アサ叔母さんはニコニコしておみやげを渡してくれたけれど、食卓にあかりと朔を前にして座ると、きびしい表情になった。

——今朝早いうちに、アーちゃんはムー小父さんと「千年スダジイ」のところにいたでしょう？　なにかイヤなことされなかった？

——されません。真木さんもサクちゃんも一緒でした。

――ムー小父さんは私たちの親戚《しんせき》にあたる若い人ですが、この谷間に中学の先生として来たのね。受け持ちの女子生徒とまだ小学生の妹さんと、あのうろで一晩すごしたのが問題になって、学校をよしました。

「童子《どうじ》」の言い伝えでは、特別な子供がシイの木のうろで夜をすごすと、不思議なことが体験できるという。生徒の希望もあって、それをためしたが、あの子らはなにがあったか話さない。校長に、そうムー小父さんはいわれたそうです。

それからムー小父さんは、ヨーロッパで放浪生活のようなことをした後、ここに戻って来ました。私が、この家の管理の仕事をお世話したんです。

朔が、昨夜のことは真木が言い出して、自分が手助けした、ムー小父さんは真木のことを心配して、今朝同行してくれたのだ、と話した。

――それじゃ私の早合点《はやがてん》でしたけど、私は森の言い伝えをあまり尊重しません。サクちゃんは、理科系だというから、シイの木のうろで子供が夢を見て、時間と場所を行き来するというような話、信じないでしょう？

――兄のいったことですけど、科学的な根拠がないという材料もないので、ぼくは信じています。兄はウソをいわない人です。

――それで、アーちゃん、真木さんはなにを見たの？

――「ベーコン」に会いたがっていて、そのとおりになりました。

――じゃ、もう一度シイの木のうろに入る必要はないのね？　私はその方がいいと思うけど

……

3章　タイムマシンの約束

1

あかりたちにシイの木のうろでのことを聞いた帰りがけ、アサ叔母《おば》さんは管理人用の離れの、裏にまわりこんでいた。出て来ると、大声で知らせてくれた。

――ムー小父《おじ》さんが昼食に招待するって！　ピザを焼いています。イタリアの農家と同じかまどがあるの。

真木《まき》と朔《さく》、あかりは、小屋の裏側いっぱいに造られた丸太のベランダに迎えられた。木のテーブルに、それぞれちがった椅子《いす》がそえられていた。ピザ。ジャガイモをバターとミルクで煮て、やはりかまどで焼き色をつけたもの。トマトのサラダ。

ベランダに上がる前に、朔は煉瓦《れんが》と赤土で造ったかまどを調べに行って、

――ひかえめなサイズのあり塚かと思ったよ、といっていた。

ムー小父さんが取り出してくれるピザを、めいめい皿を持って受け取りに行きながら、あかりはそれだけ小さいものが、下段にまきを燃やして実際に役に立っているのを見て、以前の好きな言葉を思い出した。

「けなげ」。

ベランダの奥の、学校の教室のような窓ガラスごしに見える、本棚も机も小さかった。

食事をしながら、ムー小父さんが、

——シイの木のうろは面白かった？　とたずねた。

真木は黙っていた。

——兄はあまり言葉を使わない人ですから、と朔がとりなした。

面白いというより、大切なことがあったようです。

——アサ叔母さんは、これで終わりにした方がいい、といわれましたが、真木さんと話してみると、賛成じゃないようなんです。

それから、あかりの視線にうながされて真木はいった。

——私はおばあちゃんに、好きな言葉をいおうと思います。

ムー小父さんは、煙草《たばこ》をのむために籐《とう》椅子をベランダの端まで引き下げていた。大きい栗《くり》の木からの木漏《こも》れ日《び》に、頬《ほお》からあごにかけて短い白毛《しらが》が光っていた。

——真木さんが、もう一度行きたいのなら……むしろ幾度行っても、悪くはないと思うよ、

とムー小父さんはいった。

ただ、安全ということを考えれば、「三人組」でシイの木のうろに泊まりに行くのがいいでしょう。言い伝えでも、三人の子供が……「童子《どうじ》」というんだけれども……力を合わせて遠くへ出かけた、それまでにない冒険をした、とあるからね。

あかりはいった。

——私たちは、真木さんとうろのなかで夜をすごしていいと思ってますが、なにか怖いことがあれば、よします。「あんぜん」が大切ですから。

しかしムー小父さんは、もう計画を立てていた様子なのだ。

——怖いようなことがあったら、すぐそばに私がテントを張るつもりだから、呼びかけてください。夢の内容が怖いのなら、お互いに起こしあえばいいでしょう。しかし、「夢を見る人」のタイムマシンに熱中しすぎないように。土地の子供たちとも出会えるようにしたいと、アサさんが準備していられるようだし。

2

午後になって、あかりたちは、ムー小父さんの小型のヴァンでコンクリート橋を渡り、川向こうの「山寺」へ出かけた。いまは誰も住んでいない小さなお寺が、おじいさんの代までムー小父さんの家だった、ということだ。

お寺の裏の、草原が雑木林とつながる斜面に、三十センチから五十センチほどの、すりへって丸くなった石のお墓が並んでいる。ムー小父さんは、そのなかの、ひとつの前に、あかりたちを連れて行った。横幅の広い石に、人形のかたちが三個彫り出されていた。

——これが「三人童子」です。浮彫《うきぼ》りの輪郭を水で濡《ぬ》らしてみるといい。

さっそく朔が、石の前に置かれている湯呑《ゆの》みに指をひたして、薄いかたちをなぞった。三人の子供たちが手をつないでいる。真ん中の、いくらか大きい子供が、腹のあたりで交差させている両手に、左側の子供が左手でその右手を、右側の子供が右手でその左手を握っている……

——「夢を見る人」になろうとしてシイの木のうろに入る時の、手のつなぎ方だと聞いたことがあるよ。

ムー小父さんは、真ん中の子供のかっこうをやってみせた。

この午後、ムー小父さんは、工場で働く人の厚い布地のつなぎに着かえて来ていた。それは、これから実際に仕事にかかるためだ。

「森の家」の管理の合間《あいま》に、コンクリート橋のたもとに空いていた家を借りて、若い仲間と、自動車の修理や、こまかな大工仕事をしている。仲間というのは、ムー小父さんに中学校で習った人たち。隣町の高校を卒業して、東京や大阪に就職したものの、谷間に帰って来た、ということだ。

ムー小父さんたちは、いまシイの木のうろを住み心地がいいように改造している。あかりたちは工場でヴァンを降りると、ムー小父さんの仲間たちの作業を見物した。うろに敷く杉板のすのこを造っていた。

3

それから「三人組」は、「森の家」まで歩いて帰ることになった。

真木は積極的な気持ちになるといつもそうだが、足に故障があるのに、「三人組」の先に立って大股《おおまた》にしっかり歩いた。後に続きながら、

――真木さんが、おばあちゃんにいおうとしてる言葉は、わかると思う、とあかりはいった。

――ぼくもわかったよ、と朔はいった。

去年の秋の真木との滞在でどういうことがあったかを、旅行から帰ってすぐ、父は母にくわしく報告していた。あかりと朔も話を聞いたのだ。ＦＭを聴きながらではあるが、真木はそばにいた。

「森の家」で暮らす一週間がたって、タクシーで松山の空港に出発する朝、真木はおばあちゃんに、心をこめてこうあいさつしたそうだ。

――元気をだして死んでください！

母は、おばあちゃんが、口癖《くちぐせ》のように、死ぬまで元気をだしていたい、といわれるものだから、それが頭にあったんでしょう、といった。

しかし、その愉快そうな言い方に、朔が反撥《はんぱつ》した。

――ぼくはあいさつとして正しくないと思う。

それでもおばあちゃんは、これは私の好きな言葉だ、といわれていたそうだ。

冬のはじめ、入院することになっての、「三人組」へのお別れの電話でも、真木にあれをもう一度いってもらいたい、といわれたが、真木は黙っていた。それは朔の強い反撥を覚えていたからのはず。

――いま、サクちゃんは、真木さんが「夢を見る人」のタイムマシンでおばあちゃんに会えて、あの言葉をいってあげられればいい、と思うのね？

――真木さんの言葉は、いいあいさつなんだよ。あれは良くない、といった時、ぼくは若かったんだ。

4

川に沿った国道に人家がかたまっている場所を通りすぎて、森への登りになる道の入り口に広場がある。一本の大きい木が立っている。その下に、白い開襟《かいきん》シャツと中学校の制帽の男子生徒たちがむらがっていた。あかりも朔も緊張して、真木に追いつくと、両側からからだを寄せて中学生たちに近づいて行った。

——コンチハ！　と挑戦する感じの声がかけられた。

——今日は！　と真木がおちついて答えた。

十人をこえる子供らの前を、真木たちは通り過ぎた。背後から、ドッと笑う声が聞こえて来た。

——……真木さんは、勇気があるね、とあかりはいった。

——あの人たちは、私を見ました。私も、あの人たちを見ましたから、話しやすいです。

朔は、真木のいったことをじっと考える様子。それから、

——「ベーコン」は、真木さんがベーコンを投げてくれるのを見ていた？　とたずねた。

——空中で受けとめました！

――おばあちゃんは、居間だったのね？　ベランダにいる真木さんは見えない角度だと思うわ、とあかりはいった。

そうでなくても、おばあちゃんには真木さんのことが見えなかったの？

――ああ！　とおばあちゃんはいっていました。真木さんの声が聞けましたらなあ、といいましたよ。

もう一度、あの言葉を聞きたいものですな、といっていました。

5

土曜日の夜、夕食をすませてから、「三人組」は、あまり話もしないで待っていた。ムー小父さんが、「森の家」の管理人用の懐中電灯をふたつ持って来ると、ひとつを朔に渡した。前と、うしろからふたりに照らされると、澄みわたった深いナス紺《こん》の空に月は明るく、あかりと真木は小さい懐中電灯を使う必要がなかった。

森に入ってすぐ、朔がいった。

――タイムマシンを考えた人たちの作った約束があるんだ。五十年前の世界に行ってみると、いまの社会で悪い権力者になってる男がさ、まだ弱い子供なんだ。だからといって、そいつをあらかじめ始末《しまつ》してはいけない……

真木が、杖《つえ》に持っている太い枝で、暗い草むらをバシリと叩《たた》いた。怖いことをいう言葉は、夢という言葉と同じように嫌いだから。真木には、意味はわからなくても、怖い言葉だと感じとる力がある。

——始末してはいけないという約束がある、といったんだよ。

朔はあやまったけれど、真木に聞こえないように声を小さくして、ぶつくさいうのをあかりは聞いた。

——しかし、そんなことなら、どうして過去の時代へ行くんだろう？　「むいみ」だと思うよ。

うろのあるシイの木の前には、ムー小父さんが泊まるテントがたてられていた。明るい間に、ムー小父さんの仲間たちの手伝いで、荷物を運び上げてあった。その時にも聞かされた注意を、ムー小父さんは繰り返した。

——「夢を見る人」のタイムマシンの約束とはまた別に、こちらは私らの作った具体的なルールだけど、しっかり守ってください。

真木さんはFMを聴くし、アーちゃんとサクちゃんは、本を読むでしょう？　消灯する係はアーちゃんですが、いったんランプを消したなら、特別なことが起こらないかぎり、もう点《つ》けないように。

真木にはとくにトイレが心配なので（この前は、トイレなどなかった）、昼の間に、テント

脇の道を歩いて練習していた。シイの木のうろから五メートルほどだが、真木はムー小父さんが常夜灯の脇に立っている前を、もう一度往復した。

6

うろのなかは、新しい杉板の匂《にお》いがした。入り口から奥に向けて、造るところを見たすのこが置かれている。そして、マットに布団《ふとん》。真木を真ん中にして（明かりとりの窓と空気口がついている扉に足を向けて）、その両側にあかりと朔が横になった。

枕もとの、一段高く作りつけた台に、ランプと時計、そしてポータブルのラジオが置かれていた。真木は小さな音でＦＭを聴いた。あかりも朔も、胸の毛布の上に本を置いて静かに読んだ。森にはやはりズーン、ズーンという音がしているように感じられた。

しばらくすると真木がラジオを消したので、「いちおう」（やはり、朔の好きな言葉）弟にも確かめて、あかりはランプを消した。大きい虫が力をこめて鳴いたような音がして、灯油の匂いがひろがった。扉の窓から、テントの常夜灯の光が入って来ていた……

ムー小父さんのルールには、「三人童子」の浮彫りのとおり、真木が毛布の上で交差させた手を、あかりと朔が握っていよう、というものもあった。しかし、朔が自分はいやだといったので、そのままになった。

あかりだけは、真木の大きく柔らかい手を、兄が眠るじゃまにならないように、力をぬいた手で握った。真木が眠るまで起きていよう、とあかりはきめていた。真木の呼吸はおだやかなので、寝息に変わったかどうか、なかなかわからなかった。

夜がふけて、ヨタカじゃないかと思う鳥の声が幾度かしてから、しっかり眠っている真木の、もう片方の手をあかりが探すと、それを朔が握っていた。朔も眠っていた。

7

あかりは、朔に名前を教えられたオオルリが高みで鳴く声に目をさました。顔の上を静かに動いている空気は、冷たいほどだ。それでも、からだは暖かかった。真木の大きく熱いからだから、暖房のパイプがつながっているようだ。

真木を起こさないように用心して立ち上がると、向こう側の朔はもういなかった。外に出たあかりは、トイレの隣りのテントに、ムー小父さんのメモが張りつけてあるのを読んだ。

――よく眠れましたか？　仕事があるので、先に降りて行きます。

あかりは、湧《わ》き水のしたたっている岩の下まで行って、顔を洗い歯をみがいた。戻って来ると、ジョギングをすませた朔が、この前真木がいたと同じ、倒れたシイの幹から伸びている若木の前に立っていた。

――夢でどこかに行った？

――行ったことは行ったけど、はっきり覚えていないんだよ。

――私も……夢を見たのは確かなのに。

――ともかく、無事に帰って来れて、よかった！

シイの木のうろのなかから小さくピアノの音がしていた。のぞいてみると、真木がまっすぐからだをのばして、日曜の朝のクラシック番組を聴いていた。

あかりはたずねた。

――真木さん、どうでしたか？　面白かった？

――私は、もう長い間、「名曲のたのしみ」を聞いていますから、と真木は答えた。

あかりは、真木がいまは夢の内容を話したくなくて、かわりにＦＭ番組のことをいったのだ、と思った。

シイの木のうろのなかを掃除し、荷物をまとめ、毛布はテントの前に張ってあるロープに干すことにした。それからあかりたちは、いったん薄暗い森に入り、橋を渡り、明るい見通しの木立のなかをくだって行った。

「三人組」のなかでだれよりよく考える人なのに、いちばんせっかちでもある朔が、いつまでも黙っている真木に我慢できなくなって問いかけていた。

——ねえ真木さん、おばあちゃんがいってもらいたかった言葉、話した？

——サクちゃんもいたじゃないか、とめずらしく不機嫌《ふきげん》な声で、真木はいった。

8

それから「森の家」に帰りつくまで、真木は黙ったまま。簡単な朝食の間も、ふたりに話しかけられないように顔を伏せていた。とても疲れているのがわかった。そして食べ終わるとすぐ二段ベッドの下段にもぐりこんだのだ。

朔は真木に遠慮して居間に残り、両手を頭にしいて寝そべっていた。あかりはカシの木立に面した窓ぎわに立って話しかけた。

——真木さんは話したくないのかねえ。

——ぼくの批評を覚えていて、おばあちゃんにいった言葉がいいあいさつかどうか、気にかけてるんじゃないか？

――それとは少しちがうと思う。

あかりは心のなかを手探りしながらいった。

一緒に「夢を見る人」のタイムマシンに乗ってたのに、サクちゃんがどうしてあんな質問をするのか、と感じたのじゃない？　真木さんは、からかわれると怒るでしょう……

――ぼくの方は、自分が本当にタイムマシンに乗っていたかどうか、はっきりしなかったんだよ。

――私も、とあかりはいった。

それでもね、自分がどこかに出かけてきたことは確かなんだわ。

――おたがいに、しっかり思いださなくちゃね、と朔はいった。

4章 「三人組」が同じシーンを思いだす

1

あかりは二階の寝室に引きあげて、ベッドカヴァーの上に寝そべった。朔《さく》がやっていたように、両手を頭の下にしいて。朔が思いだそうとしていることを、自分でもしっかり思いだすために。

あかりは、小さい時から、なんにつけても弟が自分より優れていると認めていた。あかりがいつもそういうので、母は「人それぞれ」と励ましてくれた。あかりの好きな言葉のひとつになった。

母はこういったのだ。

——サクちゃんは、本で読んだことや実際にあったことを、よく覚えているのね。それも、物語として覚えているから、面白く話すことができるんです。

ところがアーちゃんは、絵として覚えてるでしょう？　話そうとしても、すぐ口から出て来ないのは、そのせいなのよ。時間がたってから、あれはこうだったと絵に描《か》いて、こまかく教えてくれるじゃないの……「人それぞれ」。

　あかりは起き上がると、朔が言葉で思いだしているはずのことを、自分は空色のしんの鉛筆で紙に描いていった。まず、夢で見た部屋の情景から……そのうち、自分の行ったところが病院の個室だとはっきりした。点滴《てんてき》のための金属パイプの台、幾本ものチューブ。脇に立って真木《まき》がベッドに乗り出すようにしている。その大きい背中に、朔が手をかけている……

　あかりは、幾人もの人たちのうしろの、狭くなっている通路に立っているのだった。その位置から、

　――いま真木さんが、いい言葉をいってくれたねえ、とおばあちゃんがいう小さな声を聞い

た……

2

あかりが思いだすことを絵に仕上げた時は、もうお昼になっていた。

アサ叔母《おば》さんが、あかりたちに昼食の鶏のシチューとおにぎりをとどけてくれて、こういうことを話した。

――昨夜ですけど、「三人組」はシイの木のうろで眠ってるんだなあ、と考えると、なかなか眠れなくて、おばあちゃんの最後のころが思いだされたの。

ある日、おばあちゃんが目をさますと、めずらしく頭がはっきりしていて、いま真木さんが、いい言葉をいってくれたねえ、と嬉《うれ》しそうだったんです。「三人組」がお見舞いに来てくれたの？　よかったね、と私は笑ったわ。

ところがね。昨夜、やっと眠ってから見た夢のなかで、そのとおりの出来事があったんです。私はいま、あれは夢かもしれないけれど、ただの夢じゃない、と思うのよ。

元気が出たあかりは、アサ叔母さんに絵を見せて、自分がシイの木のうろで体験したことを話した。真木はもちろん、朔も黙っていたが、自分の話すことをふたりがそのとおりだったと後押《あとお》ししてくれるのが感じられた。

あかりが話し終わると、アサ叔母さんは使っていた紙ナプキンで自分の涙をぬぐってから、あかりの肩を抱きしめてくれた。しばらくして、アサ叔母さんはこういった。

――真木さんとサクちゃん、アーちゃんが始めたことは、勇気のいる、立派なことだわ。私は大人なのに勇気がないのよ。おばあちゃんが亡くなる前にあのようにいった時、本当に真木さんが来てくれたんだと感じたのに、ただ笑うだけだったんです。

3

あかりが幼稚園に通うようになったはじめ、家から最初の曲がり角に、送り迎えのバスストップがあった。ある日、父の迎えが遅れて、あかりは生け垣のすそにくっつくようにしてひとりで帰った。幼稚園の制服であかりの歩いてくる様子が（よその人に声をかけられてもついていかないようにいわれているので、誰も見ないように顔を伏せていた）、

――ケシ粒が動いているようだった、と父はよくいったものだ。

からだの全体がケシ粒だったら、心はどんなに小さかっただろう……

中学生になっても、あかりは自分の心が小さいと思っていた。毎日の生活でビクビクしてるだけじゃなく、眠る時もビクビクしているので、恐ろしい夢を見た。

父の文章に母が絵を描いて、週刊誌に連載した時、とくに母が、絵のしめきりを気にかけて

いた。あかりは新聞社からの電話が怖かった。そして記者の人がカッターを持って隠れている夢を見た。しめきりという言葉を、しめをきるんだと受けとって、しめというのはなにかわからないけれど、カッターが出て来たのだ。

母は心配してくれた。

——夢を見ることは仕方がないけれど、目がさめればもう思いださないでいて！

父は、あかりをケシ粒にたとえた時のように、

——そうできればいいがなあ、と面白がっていただけだ。

4

あかりは、こう思った。

真木に夢ということがわからないと聞いてから、いつもそれが気になってきた。考えたことは、もう整理されている。

1、真木さんも夢は見ると思う。

2、しかし、実際の生活での出来事と、夢のなかでのことが区別できない。

3、そこで、「夢を見た？」とたずねられると困るのだろう。

あかりはいま、シイの木のうろで眠っていた昨夜の間に、ここは違う場所、違っている時

間のなかで経験したことを思いだしているのだった。真木、朔も一緒だった。アサ叔母さんまで、自分の話を認めてくれた。

「夢を見る人」のタイムマシンに乗って行ってのことなのだから、確かに夢なのだろう。「三人組」でおなじ夢を見た。そして、このひとつの夢についてなら、あかりと朔が、真木さんもちゃんと夢を見たと、証言してあげることができる。そのように思うと、あかりは嬉しさでいっぱいになった。

——もともと、「夢を見る人」のタイムマシンという言葉だって、サクちゃんが思いついたのだ。

サクちゃんは、もっと深く考えて、私たちになにが起こっているか説明してくれるはず、ともあかりは考えた。

5

夕食をすませると、もう真木は、昨夜から今朝にかけてのことは思いださないように、テレビの「N響アワー」に熱中していた。その脇で、あかりは朔にこういった。

——真木さんにも夢の世界があるとわかって、嬉しいね。私たち人間は、現実の世界で生きているけれど、やはり夢の世界でも生きているのでしょう？

——人間だけがそうだとは、かぎらないよ。犬も夢を見るというからね。最初に真木さんがシイの木のうろで眠った夜は、「ベーコン」も「夢を見る人」のタイムマシンに乗って来たんじゃないか？

——「ベーコン」は、もともとそこにいたのじゃない？

サクちゃん、私はね、現実の世界で生きるのと夢の世界で生きるのと、その大切さが99対1くらいかも知れないと思う。そうだとしても、真木さんの心が、百分の一だけ広がったんだわ。

——心理学ではさ、夢の比率がもっと大きいんじゃないの？　真木さんの心をぼくらで広げてやろう。

昨夜どうしてぼくらは、みんなの夢でひとつの場所、ひとつの時間へ一緒に行けたか？　それをよく思いだせばさ、新しい作戦がたてられるかも知れない！

5章　おばあちゃんの絵に案内される

1

シイの木のうろで眠った「三人組」が、それぞれの夢を見た。しかし三人は、一緒に、ひとつの場所に行っていた。「三人組」で「夢を見る人」のタイムマシンに乗ることができたのだ。

それなら、これからはシイの木のうろに出かける前に、いつの、どの場所に行きたいか、よく話し合ってきめておこう。

朔《さく》が、そう言い出した。あかりは、真木《まき》がどこに行きたがっているのか聞き出す役割を引き受けた。

この前の時、いい言葉をいってあげるために、おばあちゃんが最後に入院した病院に行きたい、と真木は思っていた。そのことを、朔とあかりが感じとっていたのでもあった。

ところが、次の「夢を見る人」のタイムマシンの旅で、真木のねがっている行き先を聞き出

すのは難しかった。真木は、シイの木のうろに入って今度はどこへ行きたい？　というように、仮定の質問をされることは苦手《にがて》だから。

　あかりは真木がひとりでやっていることを観察した。そして気がついたこと。いつもＦＭやＣＤを聴くか、自分の小さな作曲を紙に書いている真木が、いまは、時どき「森の家」に持って来たおばあちゃんの水彩画を出して見ている。

——真木さんは、どの絵がいちばん気にいっていますか？

あかりはたずねてみた。真木は、クラシックの曲について質問されてＣＤの棚を探す時のように、おばあちゃんにもらった箱を出してくると、すぐに一枚を選んだ。

あかりはその絵を見て考えていた。そのうち、脇からのぞきこんだ朔がいった。

——ちょっと見ると、暗いような絵だねえ……しかし、真ん中の森に日があたってるところは、紅葉がきれいだね。

——でも、どうしてこの絵のなかに行きたいのかわからない。真木さん、なぜですか？

——私は、人ごみが得意《とくい》じゃありませんからね、と真木は答えた。

どう反応していいか、あかりがとまどっていると、朔がいった。

——そうだね、絵の場面に入って行くのだとしたら、大切な問題だよ。

2

それはいま、「三人組」が夏休みをすごしている森と谷間の村の絵だった。おばあちゃんの描《か》いた風景画は、どれもそうなのだ。絵の真ん中にはカメの背のようなかたちに茂っている森が描かれていた。日があたっているのは、その森の左半分だけなので、あかりは朝早い風景だと思った。

いい、くすんだ緑色の（朔によると、すべて広葉樹《こうようじゅ》）茂りがムクムクとひろがるなかに、あちらこちら、紅葉した木が見える。青みがかった黄色、明るい黄色、オレンジ色、赤色、もっと濃くて、紫がかって見える赤色。暗い背景の、森の右の方、また左の奥に見える遠い山々は、青みがかった灰色だった。

朔がたずねた。

——この絵のね、真木さん、どこに行きたいの？

——「ベーコン」のところですよ。

真木はそういって、まだ日のあたっていないところを指さした。

森の右半分の高みから、岩山のさきが突き出ている。その平べったいところをよく見ると、子供のような人と犬が立っていた。

——メイスケさんだ、と朔がいった。

——メイスケさんだ、犬と一緒なのね、とあかりもいった。

——「ベーコン」を連れています、と真木が不思議な微笑をうかべていった。

あかりは、兄がそのように笑う時だけ、自分によくわからないところのある人、と感じることがあった。いつか朔もそういったことがある。ところが朔は、どうして「ベーコン」なの？とたずねかえすこともしないほど話に夢中になった。

——これは昔さ、谷間の村に特別なことが起ころうとしている日の、朝早くなんだ。絵のすみに、おばあちゃんがタイトルを書いているよ。

「メイスケさん、元治《げんじ》元年の『逃散《ちょうさん》』を迎えるの図」。この絵にはまだ描かれてないけど、川下《かわしも》からたくさんの人がやって来るのを、メイスケさんは見てるんだ。

生活が苦しくて、村ごと逃げ出してくる人たちがさ、川に沿って登って来て村に入るのを、見おろしているんだ。

真木さんは、大勢の農民が、谷間をいっぱいにする前に「ベーコン」を探しに行きたいの？

——私は、人ごみが得意じゃありませんからね。

そういう真木はふだんの笑顔になっていた。

3

——元治元年なら、いまから百二十年前ね。村にやって来た人たちのことを、いまでも「逃散」というんだ、ぼくはおばあちゃんからくわしく聞いた、と朔はあかりに話した。

いつもひとりで音楽を聴くときはそうだが、真木は居間の窓ぎわで、あかりには小さすぎるように感じられる音量のＦＭを聴いていた。朔とあかりは食堂のテーブルに向かいあって話すことにした。

谷間を流れる川が、もっと大きい川に合流して海に向かう道すじに、平野がひろがっている。しだいに水田の規模も大きくなる。豊かな米の収穫のある土地で、村々の農民の数も多い。ところが不作が続くと、そこを支配する藩《はん》に年貢米《ねんぐまい》をおさめることが苦しくなる。それでも藩の取り立てがきびしいと、農民たちは生活してゆくことができない。

この谷間まで川に沿って登り、南へ山越えすると、もっと豊かな土地がある。税の取り立てもゆるやかな藩が支配している。そこで、老人から子供たちまで、村に住んでいる農民たちみんなが、逃げ出して新しい土地に移ろうとする……

その「逃散」が、道すじの村の農民も仲間にして、さらに大きい数になって登って来る。そして川ぞいの道の行きどまりの、この谷間の村で準備を終えて、けわしい道のりの山越えに移ろうとする。

4

——谷間の人たちは、川下の村からずっと離れた森のなかだし、蠟《ろう》の原料がとれることもあって、よそとはちがうやり方で村を進めてきたんだね。だから、百二十年前の「逃散」で、川下の村々よりは余裕《よゆう》があった。「逃散」の仲間になって、谷間の土地を捨てなくてはならない、というほどじゃない。

しかし、逃げて来る農民たちは、藩の軍隊に追いかけられているんだよ。その人たちからさ、この谷間の者は、藩に協力して自分たちに反対するのかと疑われるかも知れない。逃げて来ている大勢の人たちから、敵だとみなされたら大変だよ。

そこで働いたのが、まだ子供だったメイスケさん、子供でもすぐれた力のある、「童子《どうじ》」といわれた。食事できるようにしたり、寝る場所を準備したり……元気を取り戻した「逃散」が、平和に立ち去ってくれるように……

5

真木は音楽を聴いていたけれど、朔が話していることにも注意していた様子。ここまでくると、おばあちゃんのもう一枚の水彩画を、朔とあかりが向かいあっている前に出してくれた。

——谷間じゅうに人がみちてるね。田んぼや畑の間の小道にもいっぱい、川すじの大きな道にはもっと大勢がさ、こんなふうに座り込んで、食事をしてるだろう？　こちらには藩の侍《さむらい》たちがいて、お酒を飲んでいる。倉庫《そうこ》みたいな家の前に、舞台まで作られて、娘たちは踊っているしね。

ぼくは「三人組」でこの場面に行ってみたいよ。

——でもね、こんな多くの人たちが、未来から来た私たちを見つけて、怒ってしまったらどうするの？

あかりはそう心配した。

——危なくなったら、すぐ帰って来ますよ、と真木がいった。

アーちゃん、大丈夫《だいじょうぶ》ですから！

そういいながら、やはり不思議な微笑をうかべているので、今度は朔も気にする様子。しかし、すぐ思いなおして、自分の考えを話した。そういうところも、あかりが弟にとてもかなわない、と感じるひとつ。

——この前はおばあちゃんの入院した病院のことを「三人組」が考えてると、自然に、準備ができたよね。

今度はこの絵の場面に行こうとめざしてるんだ。メイスケさんのことをよく知っておかなきゃね。真木さんは、自分が会いたい「ベーコン」のことを、よく知ってるからいいけどさ。いまぼくは、パパが書いた、この谷間と森の、昔のことの本を持ってるのね。ここに住むようになってから、それを知りたいと思うとアサ叔母《おば》さんにいったらね、選んで貸してくれたんだ。

それだけじゃなくて、本に書いてあることの参考に、子供のころパパの描いた絵までついてるからね、いま持って来ます。「いちおう」見るだけのことはあるよ。

朔は眠る前にでもベッドで読んできたらしい本を、寝室に取りに行った。ところが、すぐ見つかるはずなのに、なかなか戻って来ない。話す時間を「むいみ」に使わなくていいように、メイスケさんのことが書いてあるページをまとめてるんだ、とあかりは思った。

朔のせっかちさは時どきこっけいなほどなのに、小さく切った色紙を本のページに張りつけて調べやすくするようなところも、朔にはある。それはもともと父がやっていることを見習ったのだ。

小学生のころから、あかりは担任の先生に、

――お父さんが、きみのことをこんなふうに書いてたね、といわれて困った。

そんなこといわないし、していません、と正直にいうと、

――どうしてウソをいうの？　といやな顔をしていう先生もあった。

あかりは、自分が知らない間に、「私の言葉」を話して「私のふるまい」をしている女の子がいるようで怖かった。

そのことを朔にいうと、

――あれは小説だからね、といえばいいんだ、と弟は平気だった。

それでも、朔の友達は、父の小説に興味を持たない人たちのようだし、あかりの友達もそうだ。

中学生になって、あかりは障害のある小学生のボランティアをするサークルに入った。真木のことがもっとよくわかるようになりたかったのと、自分がクラスではひとり、障害児のことを知ってる気がしたから。

サークルの活動があった日は、夕食を作る母に友達になった愉快な小学生たちの話をした。母は、あかりが面白いと思ったことを、いつも心から面白がった。その話が食卓まで続くこともあった。

ある日、あかりと母が楽しく話しているのを父がじっと聞いていた。ベッドに入ってから、あかりは心配になった。あの小学生が、自分にとっての「私の言葉」「私のふるまい」でないことを話したり、したりさせられるかも知れない。父の小説のなかで……

跳《と》び起《お》きたあかりは、父の書斎に上がって行って叫んだ。

——私の友達のことは、絶対に書いちゃだめ！

6

ところが、父と（母からも）離れて、「森の家」で暮らし始めると、あかりは朔が、父のやり方や言葉を幾つも習慣に取り入れているのに気がついたのだ。自分もある程度……思ったとおり、朔は黄や青や赤の紙がのぞいている本と、古くなった画用紙を一枚持って来た。

——ママにくらべて、パパには絵の才能がないけれど、国民学校三年生というこの絵は、じつにひどい！　と朔は機嫌《きげん》よくいった。

これがどうして「世界の絵」か、と先生に殴られたそうだ。パパはこちらの本に書いてるよ。

しかし、あまり下手で、しゃくにさわったのかもしれないね。

それがこの谷間と森の絵であることはわかった。東から西へ、谷間を流れる川。南側の岸から見て描いているとわかる川すじの通りの、家の列。北側の森。木立のなかを見えたり隠れたりしながら、登って行く道。それはずっと続いて、森の北東の高みに離れ島のように小さい集落がある……

ところが、そこまでは画用紙をタテに使った絵の、下の三分の一なのだ。そこから上は、空色に（あかりの好きな空色よりずっと薄く）ぬられている。クレヨンに砂のような固い粒つぶがまじっていたらしく、いちめんに傷のような白い線がある。そして雲に乗った大きい女の人と、その十分の一くらいの男の人。女の人は黒い髪を長くたらし、男の人はチョンマゲをつけ

ている。

――女の人は、この森に初めてやって来て、村を作った人、とても大きい女の人だって……だからメイスケさんがこんなに小さいのね、と朔は説明した。

メイスケさんの活躍した時期、このあたりは川沿いにくだって行ったところにお城がある藩の領地《りょうち》だった。この国を幕府《ばくふ》が支配しているなかの、藩のひとつね。ところが、幕府のやり方じゃうまくゆかない、とみんなが感じ始めている。アメリカから軍艦が来て、「鎖国」をやめさせようとしている。

そんななかで、小さな藩でも新しい道をさがすでしょう？　そのためにはお金もいる。ところがさ、藩に税金をおさめてたのは、農民だけだよ。だから「逃散」が起こったのね。そしてメイスケさんが、「いちおう」解決したんだよ。

それでもさ、国全体が大変なんだから、このあたりだけうまくゆくはずはないでしょう？「逃散」から何年かたって、今度は「一揆《いっき》」。メイスケさんが選ばれて、武器を持った農民を指導したんだ。そして、新しい税をやめさせることはできたのね。ところが、終わってみると、メイスケさんひとり藩にとらえられてたんだ。

メイスケさんのお母さんが、お城の牢屋《ろうや》に面会にいったらさ、メイスケさんは病気だった。

そのメイスケさんに、お母さんは「大丈夫、わたしがまた生んであげる」といった……

――パパが子供の時、森で迷子《まいご》になって熱を出した時も、おばあちゃんがそういったって、とあかりはいった。

メイスケさんのお母さんの言葉で、怖がってる子供を励ます習慣だったのね。

――「世界の絵」は日本列島を描いて……朝鮮半島も、台湾もカラフトの半分もいれて……

そこから世界じゅうに「日の丸」がひろがっている、当時はそれで正解だったんだ。

パパは、谷間と森の言い伝えを描いて、先生を怒らせたのね。

7

この週の土曜日、シイの木のうろに向かって森を登って行く「三人組」は、秋の終わりの服装をしていた。うろの前のテントで眠る管理人のムー小父《おじ》さんひとりが、夏の登山姿だった。

おばあちゃんの絵は、紅葉している森を描いている。「夢を見る人」のタイムマシンに乗って、その季節の谷間に行くのだから、着いてみて寒いかも知れない。それが、「あんぜん」をいつも気にかけているあかりの考え方だ。

あかりは、夏休みの滞在プランをたてた時から、森では温度の変化が大きいと困るからと、「三人組」それぞれの、半外套《はんがいとう》やキルティングの上着を宅配便で送っておいた。

シイの木のうろは、ひんやりしていた。「三人組」は外を歩いて来た服装のまま横になった。ランプを消す時、朔はもうこだわらないで、男の子らしくあっさりと真木の手をとった。その反対側から、あかりが手を伸ばすと、真木の半外套のポケットのなかで紙包みの音がした。

8

到着してすぐ、あかりたちはメイスケさんを見つけた。メイスケさんは、あかりから見て、岩鼻《いわはな》の右側の、うしろの森から突き出したクスノキの大きい枝が葉を茂らせている下に立っていた。

粗《あら》い毛が下に向いて生えた、固そうな皮の、あかりにはハーフコートと感じられるものを着ている。その下は、庭の草をとる時おばあちゃんがはいたモンペに似たパンツ。肩までたれた髪を、青い玉のついたバンダナでとめている……

そして燃えるような赤茶の背の犬が、岩鼻のへりに盛り上がっている土に前肢《まえあし》をのせていた。

メイスケさんも犬も、谷間の川下を見おろしていた。

東京に来ている間、雨が降ると、おばあちゃんは色鉛筆で風景を描きながら、父が生まれ育った村の話をしてくれた。その絵のスタイルを、空の高みで舞っているタカかトビの目に見えるようだから、鳥瞰図《ちょうかんず》というと教わった。このように森の斜面から突き出た岩を、岩鼻ということも……

「夢を見る人」のタイムマシンでやって来た「三人組」は、真木を先頭に、すぐうしろ右側に朔、一歩さがった左側にあかりが立っていた。森と岩鼻の境目の、背の高いザクロの下に、シイの木のうろで三人並んで眠ったままのいでたちで……

　メイスケさんと犬とが岩鼻にいるのに気がついた時、あかりは驚いて声をあげそうになった。朔もそうだっただろう（落ち着いている真木は別にして）。

　やっとその声をおさえたけれど、やはり赤茶の三角形の犬の耳が動いた。しかし、犬もメイスケさんもふりかえらなかったので、そのまま「三人組」は、ここにいる状態になれてゆくことができた。

　そのうち、メイスケさんの頭の上のクスノキの枝に、黒い大《おお》猿《ざる》のようなものがからだを乗り出した。頭をたれて、メイスケさんに耳うちすると、素早く向きを変えて、消えていた。

真木が面白そうな笑顔で、あかりをふりかえった。朔もやはり緊張のとけた声で、ささやいてきた。

――「木から降りん人」だよ。

その小さな声を聞きつけて、犬がトットとやって来た。犬は真木の四、五歩前で立ちどまった。

真木は、父のお古《ふる》をもらった半外套のポケットから紙包みを取り出して、中身を一枚投げてやった。犬は少しもさけようとしないで、足もとに落ちたものを食べた。

――「ベーコン」！

はじめてその犬を見たあかりと朔は、小さい声をあわせてそういっていた。

こちらを向いていたメイスケさんが、真木に片手をあげた。真木はもう一枚ベーコンを投げてやってから、おなじあいさつをかえした。

それでも、メイスケさんは真木たちにすぐ近づいて来たのではなかった。もとのところに立ったまま、意志の強そうな大きい口を結び、濃い眉《まゆ》の下の生き生きした目で、ベーコンを食べる犬を見ていた。

あかりは、自分と同じ年ごろの男の子が、毛皮の上から刺《さ》し子《こ》の帯《おび》を巻いて刀を差している、大人びた態度に感心した。朔は力をこめて両足を踏みしめ、あかりを守ろうとしていた。

9

「森の家」に帰ってから、朔はこういったものだ。

――ぼくらは、おばあちゃんの話やパパの書いた本でメイスケさんのことを知っているね。自分らがかれの時代にやって来たんだとも知っていた。しかし、メイスケさんの方ではさ、突然、不思議な「三人組」が現れたんだからね。めんくらったと思うよ。それでも、ぼくらのかっこうで、未来から来たと見ぬいたんだ。そのための時間を作ってやったのは、真木さんだよ。持って行ったベーコンを、一枚ずつゆっくり犬に投げてさ。メイスケさんとぼくらの会見を成功させたのは、真木さんだ。

10

さて、真木がベーコンをやり終わって、包んでいた紙をポケットにしまうと、柴犬はメイスケさんの足もとに戻って行った。

その後について真木は二、三歩メイスケさんに歩き寄ると、たずねかけていた。

――この犬は、あなたの犬でしょうか？

――これは、ヤマイヌやから……

はじめて聞くメイスケさんの声ははずかしそうな少年の声だった。しかも、そう答えてから顔がみるみる赤くなった。笑い出しそうなのをこらえる様子。あかりは意外な気がした。

――……これは「千年スダジイ」のうろに巣を作ってな、ほかのヤマイヌは群れておるのに、一匹でおるのや。そして、仔犬《こいぬ》が生まれると、いつのまにかそれと代わっとるからの……

――名前はなんでしょう？

――わしらにはな、親と仔の区別もようわからんのやから……いつでも、森に上がりさえするとやってきて……犬、と呼んだらついて来るのや！

――私は「ベーコン」と呼びます。

「ベーコン」は、真木の方へ頭をあげた。

――ええ名前やなあ……こら、おまえは「ベーコン」か？　犬！

「ベーコン」という声で、もう犬はメイスケさんの方に向いていた。続けて、犬！　と呼ばれて、さて、どうするか困った様子。

「三人組」は、声をあげて笑った。メイスケさんも白い大きな粒の歯を見せて笑った。最初の大人びた落ち着きも戻っていた。

「ベーコン」が、クスノキに向けて頭をあげた。影のような人間の頭と肩がもう一度乗り出していた。メイスケさんは力強い機敏《きびん》な動きで、濃い茂りの葉むらの下へ移って行った……

戻って来たメイスケさんは、黒ぐろとした目をまっすぐあかりに向けていった。

——あんたらは、この世界の者やないやろう。あんたらの時代から来た「童子」なのやろう？ そういうことがあると、話に聞いとるよ！

いま、わしらはいそがしいことがあるよって、案内もできんが……また来てくださいや。一度来られた道なら、たどって来られましょうが！

11

メイスケさんはクスノキのかげの暗い道に入って行った。しばらくすると、イワツツジの茂みが囲む坂道を、黒い髪をなびかせて駆けおりてゆくのが見えた。犬はその前を走っていた。

さっきまで薄暗かったところも、いまは谷間全体に日があたって、光っている川が遠くまで見えた。その岸の林は紅葉で赤あかとしていた。

あまり緊張していたので（これも真木だけ別）一仕事終えた気持ちの「三人組」は、ザクロの黄色の葉がつもった上に座り、日の光をあびた。

——ぼくらのことを「童子」だ、といったね、と朔がいった。

メイスケさんこそ「童子」なのになあ……

——私たちが、あの人の生きてる時間と場所にやって来てるのよ。不思議なかっこうの私たちを見て、「童子」だと思うのは自然じゃない？

それに真木さんなら「童子」にふさわしいもの。私は、「ふつうの人」ですけど……

——メイスケさんは、アーちゃんのことも見ていました、と真木がいった。

——そうなんだよ、真木さんとはちゃんと話し合ったしさ……ぼくのことは無視されてしまったなあ。

あかりも、メイスケさんが朔には不公平だった、と感じていた。しかし朔は、その場で大切なことを考えはじめると、ほかのことにはこだわらなくなる人だ。

——それでも、「ベーコン」はぼくの匂《にお》いをかいだものね。犬からのあいさつはぼくも受けたんだ。

いまは、なによりもさ、ここでどういうことが起こっているか、はっきりさせておこう。おばあちゃんの話と、パパの書いていることを、しっかり思い出せばいいんだよ！

12

——メイスケさんは子供なのに、逃げて来る人たちの世話をする役に選ばれたのね？　とあかりはいった。

この時代にも、村長や、警察署長にあたる人はいたのでしょう？

――藩の軍隊が村に入れば、「逃散」を助けた者たちは調べられるはずだからね。村のおもだった人が罰せられては困るでしょう？

それでまだ子供のメイスケさんが選ばれた、とパパは書いてたよ。メイスケさんは庄屋の長男で、評判《ひょうばん》のいたずら者だったそうだ。

――すぐサクちゃんが気がついたとおり、「木から降りん人」もいたね。

――あの人は、事情《じじょう》があって家族と別れて森で暮らしているんだ。

この地方には「川の道」と「森の道」とがあって、ふつう使われるのは川に沿った道だけど、クネクネ曲がって遠い。森づたいに道をとれば近いのね。

「木から降りん人」はメイスケさんに頼まれて、「森の道」を動きまわる斥候《せっこう》をやってるんだ。

「逃散」の人たちが「川の道」を歩いてやって来る様子を、メイスケさんに報告してるわけ。

「木から降りん人」が二度目に報告したのは、もう谷間に入って来るということだったはず。

それでメイスケさんは大急ぎで谷間へくだって行ったんだよ。

あかりと朔が話している間、真木は川下の方角に目を向けて、耳をすましていた。その真木が、あかりと朔を振り向いて、左手を耳にあてて見せた。そうしたまま、真木は立ち上がって、岩鼻のさきの、丸い黄色の葉が茂る灌木《かんぼく》の前へ進み出た。朔とあかりも手を耳にかざして続いた。

13

はじめ、臨海《りんかい》学校で夜じゅう聞こえたのを覚えている音が聞こえていた。そして、光っている川の岸の道に、あふれるほどの人の群れが現れて来た。

――まるで難民《なんみん》だ！　と朔がいった。

あかりはおびえて、真木の肱《ひじ》にしがみついていた。朔がダッフルコートから双眼鏡を取り出してうろうろするので、谷間へ入って来る人たちに見つからないかと、心配もした。

しかし、道をいっぱいにしている行列に上を見あげる人はいなくて、頭にかぶっている手ぬぐいのようなものの下に、こげ茶色の小さな顔がのぞくだけだった。

そのうち朔が、あかりに双眼鏡を渡して、脇から指さした。あかりは女の子たちのかたまりを見た。紺《こん》の縞《しま》の、それも幾種類もの布でパッチワークしたような着物の女の子たちが、小さい子をおぶったりふろしき包みの荷物を持ったりして歩いて来た。

女の子たちの、短いすそから出た足が、スタスタ動くのを、あかりは見ていた。みんな赤く染めた靴をはいている……だけど百二十年も前に、日本の子供は靴をはいていたのだろうか？

——あ！　とあかりは声をたてると、双眼鏡をおろして泣いた。

真木があかりの手から双眼鏡を取り上げて、しょんぼりしてしまった朔に返してくれた。

「三人組」は、ザクロの落ち葉のたまっている場所へ戻った。あかりと朔がずっと小さいころ、「マラソン」といっていた公園の散歩で、疲れた時そうしたように、真木を真ん中にからだを押しつけあって座っていた。

あかりはやっと泣きやめたのに、

——子供であることはくやしい、ほかの子供たちがあんなに痛そうなのに、なにもしてあげられない、といって、また涙をこぼした。

あかりには、自分の声が怒っているような響きになって、真木の心を痛めていることがわかっていた。それでも、あかりは、真木を元気づけることが思いつかなかった。

14

「三人組」みんな、ずっと黙っていた後、朔がいった。

——ぼくは考えてみたんだ。それは時間のことね。「夢を見る人」のタイムマシンに乗って、ぼくらは去年の暮れの、おばあちゃんの病室に行った。

いま、ぼくらはメイスケさんの大仕事が始まった日に、ここへ来ている。この前と今日では一週間しかたっていないのに、「夢を見る人」のタイムマシンで、百二十年離れた時間を旅したんだ。

しかしね、ぼくらがメイスケさんと「ベーコン」に会ったり、「逃散」の人たちがやって来るのを見おろしたりしていた間、ここの時間は自然に進んでたと思うんだ。

それなら、ぼくらがいったん「森の家」に帰って、なにか必要のあることを準備してはどうだろう？

一日かかるとするね？　それからもう一度ここへ戻れるよう、シイの木のうろでねがったらさ、いまから一日たったこの場所に来られるのじゃないか？

——なにか、必要のあることって？　とあかりは期待をこめてたずねた。

——「逃散」の子供たちの役に立つものを集めてさ、それを持って、シイの木のうろに入ることにしようよ！　真木さんはもう二度も、ベーコンの包みを持って旅行できたんだ！

ずっと黙っていた真木が、それでは、というようにあかりを見た。そして、

――さあ、「三人組」は帰ろう！　と大声でいったのだ。

海鳴りのような音が聞こえなくなり、からだが持ち上げられる感じのなかで、あかりは、おばあちゃんの病室でも、真木がいまのようにいうのを聞いた、と思い出した……

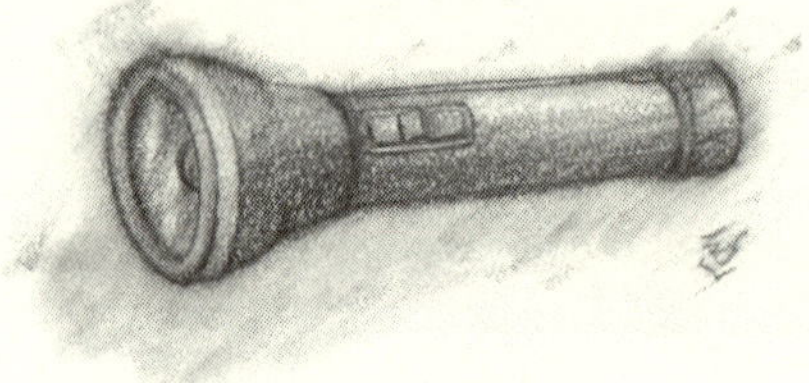

6章　タイムマシンの別の約束

1

シイの木のうろで、あかりは目をさました。真木《まき》のゆっくりした寝息が聞こえていた。しかし、その向こうに朔《さく》がいないこともわかった。長い道を歩いて山越えしなければならない子供たちのために、あかりがしたいことに協力しようと、早いうちに起きてひとまず朝のジョギングに出かけたのだ。

あかりが湧《わ》き水のしたたる岩の下で歯をみがいているところへ、汗をかいて朔は戻って来た。

――真木さんがこちら側へ出発する言葉をいう前に、双眼鏡をザクロの幹にもたせかけてきたんだ。

そのまま、あちらに残ってればいいけれど、ぼくと一緒に戻るようだとさ、向こう側になにか運搬した、と思ってもあてにならないから。

――どうだった？

――こちら側の、どこにもないよ。

――よかったね。

――それで、なにを持って行く？

――ずっと歩いて来た女の子たちの、足が心配なのね。ぞうりをはいてるはずだけど、その上から、布かワラでくるんでるの。そこに血がにじんでた……もっと歩いて、山を越えるのでしょう？　傷が化膿《かのう》すると思うわ。

――それなら、消毒薬だよ、と朔はきっぱりいった。ぼくがずっと考えてたのは、双眼鏡を置いてきたのがさ……必要な実験ではあったんだけど……タイムマシンの約束に違反してることなのさ。

向こう側の科学を混乱させない、という約束ね。「木から降りん人」が、双眼鏡を見つけないか心配だ。ガリレオの時代から、その原理はわかってたよ。しかし技術の進歩は別だからね、使われてる材料も。

――それじゃ、早く行って取り返さなくちゃ、とあかりはいった。

――消毒薬を手に入れてね。薬品を作るのは新しい科学だけど、いったん使えば後に残らないでしょう。犬が消化するベーコンと同じ。容器は持って帰ることにして。

——アサ叔母《おば》さんは、永い間、県の赤十字のナースだったのね。私たちに必要なものを、手に入れてくださると思う。

……だけど、アサ叔母さんに、全部話す？　おばあちゃんのお見舞いのことは、私たちのいうとおりわかってくださったよ。でも、「逃散《ちょうさん》」のことは、それよりずっと信じにくいはずでしょう？

——話そうよ。信じてもらえそうにないことも、それが必要なら正直に話すのが、本当に話すことだとさ。パパがいったよ、ぼくに友達のことで問題があった時に……

2

アサ叔母さんは、話を聞くとすぐ乗り気になった。

——谷間には、谷川が流れこんでいますからね、そのそばに救護所《きゅうごしょ》を作れば、傷口をよく洗うことができるわ。

乾かして、消毒薬をスプレーする時は、十センチほど離してね。いまはとても便利なばんそうこうがあるから、何種類も用意します。

午後の時間いっぱい、アサ叔母さんは車で走りまわった。準備してくれた段ボールの救急箱は、手当ての時に使う布の箱もいれて、大きいのが三個。シイの木のうろで眠る時、どのようにして持って行くか？

朔は、昨日の夜、ダッフルコートのポケットで双眼鏡がゴロゴロしたから、そのひもだけ腕に巻いて寝た、といった。そこで救急箱にもひもをつけて、めいめいひとつずつ、足に結ぶことになった。

アサ叔母さんは、

――私には、どうしても「三人組」の服装や髪形《かみがた》が気がかりなんです、といった。けれども、メイスケさんは、あなたたちを、別の世界から来た人だと受けとめてくれたというから、ほかの子供たちも同じかも知れない。問題は大人ね。それと、言葉。

メイスケさんはどんな言葉で話した？

――メイスケさんと話したのは、真木さんなんです。私は、真木さんがメイスケさんの言葉を聞きとって、自分も話すのをそばで見ていました。そしてよくわかる気がしたんです。

いつも、真木さんが、クラシック音楽を聴いている脇にいて、おなじように感じます。

――サクちゃんも？

――ぼくには、全部わかっていたのかどうか、自信がありません。

しかし、「三人組」でやることなんだから、ぼくもしっかりやろう、と思います。

3

「三人組」は、昨日の夜、シイの木のうろで眠ったと同じ時間に、うろのなかに入った。そして気がついてみると、やはり岩鼻《いわはな》に立って、森と谷間に半分だけ朝の日の光があたるのを見おろしていた。それぞれの右足には、段ボールの箱をひもで結びつけて。

朔はさっそくひもをほどくと、ザクロの木の根元から双眼鏡を取り上げた。あかりもしゃがみこんで、自分と真木の足の、段ボールの箱のひもをほどいた。

すぐに真木は、朔が岩鼻のへりの灌木《かんぼく》の茂みごしに双眼鏡で谷間を見渡しているところへ行った。その真木の歩き方が、東京では見たことのない、すばやく確かな足どりであるのにあかりは気づいた。

ところが、自分のこととして、あかりは足のひもをほどいてからも、のろのろとしかふるまえないのだ。

谷間を見おろすと、どの家からも白い煙があがっていた。川すじの大きい通りには、昨日はなかった黄土色の三角形のものが、きゅうくつなほどたくさん並んでいた。

木の枝か、竹で作った骨組《ほねぐみ》に、むしろをかけたもののようだ。よく見ていると、その急ごしらえの住居から人が出て来て、そのまま立っていたり、どこかに消えて行ったりした。

あかりは、自分がその人たちの役には立たないと感じて、こういった。

――真木さん、サクちゃん、消毒のお薬とばんそうこうをここに置いて帰ろう。

アサ叔母さんに仕方を教わったけど、私には女の子たちに消毒してあげることはできない。

ねえ、真木さん、あの言葉をいってくれれば、いますぐ帰って行けるでしょう？

真木は、谷間を見おろすというより、そこから上がってくる音に耳をすましているようだった。めずらしく、あかりのいうことに答えなかった。

そのかわりに、朔があかりをなだめた。

――そんなこと「むいみ」じゃないの？　ここの時代の人たちが箱の中身を見ても、なんに使うものかわからないよ。

しかもさ、子供が飲んでしまったらどうするの？

――そんなことというけど、私たちだけで谷間へ降りて、子供たちを集められる？　誰も知らないのに。

「ベーコン」がいたら、メイスケさんを案内して来るかも知れないけど……

――「ベーコン」は来ますよ、と静かに真木がいった。さっきもう、吠《ほ》えていました。

4

真木のいったとおり谷間から駆け上がって来る「ベーコン」を、朔が双眼鏡で見つけた。位置を教えられたあかりは、紅葉した茂りに隠れたかと思うとすぐ跳《と》び出《だ》して走る犬を、自分の目で追うことができた。

「ベーコン」は、一息に岩鼻に跳びあがって、立ちどまった。それから真木の方へトットと進み、距離を置いて待っていた。真木は、半外套《はんがいとう》のポケットから紙包みを取り出して、ベーコンを一枚ずつ投げてやった。

――ぼくたちは、弁当《べんとう》を持って来なかったね、と朔がいった。

――チョコレートを持ってるよ、とあかりはコートの上にかけているポシェットにさわってみていった。

「ベーコン」が食べ終わったところへ、クスノキのうしろからメイスケさんが現れた。「ベーコン」が寄って行くと、メイスケさんは岩鼻の平たい表面にはかまの片膝《かたひざ》をついて、腰にゆわえているひょうたんから右手に水をついで飲ませた。

そうしながら、メイスケさんは真木を見上げて笑った。真木も、メイスケさんがやっていること、また昨日とはちがう髪形や服装に感心して笑っていた。

「三人組」の到着に気がついた「ベーコン」を追いかけ、谷間にいたメイスケさんはすぐに走り出したはず。これだけの時間遅れたのは服装のせいだ、とあかりは思った。

昨日のメイスケさんは、森の狩人《かりゅうど》のようだった。ところが今朝は、映画で見たことのある若《わか》侍《ざむらい》そのままで、油をつけた前髪は額にゆれているし、耳のまわりから頭のうしろにかけて、きれいに剃《そ》りあげてある。そして、羽織、はかまにたびまでつけて、履《は》き物《もの》は布のひもできっちりしばっていた。

5

メイスケさんは、あかりたちに近づいて来ると、置いてある段ボールの箱を、手に持っている竹の根のむちでポンポン叩《たた》いた。それから真木に、

——これは、なにやろうか？　とたずねた。

——おみやげですね、と真木は答えた。

朔がつけたした。

——姉が、女の子の救護所を作りたいんです。子供たちは、足に負傷《ふしょう》して……けがをしています。そこが化膿しないように……もっと悪くならないようにしたいんです。そのための消毒薬です……お薬です。

あかりは急いでしゃがみこみ、段ボールの箱を開けて、消毒薬のびんをひとつ、ばんそうこうの小箱もひとつ、そして布を一枚取り出した。

メイスケさんは驚いたように、また面白がっているように、黒ぐろと目を見張って、朔とあかりを見た。あかりは、朔の言葉がつうじているのかどうか心配になった。

ところが真木が、助けてくれたのだ。ゆうゆうと半外套の袖《そで》をまくりあげた兄は、右の腕くびを出していた。

「森の家」に来て虫にさされたところを引《ひ》っ掻《か》いて血が出たので、あかりがばんそうこうを張っていた。真木は、ますますゆうゆうとばんそうこうをはがして、メイスケさんにまだ赤い傷あとを見せた。

——そうだ、真木さん、も一度、消毒しようね、といってから、あかりは夢中で呼びかけた。

メイスケさん、ひょうたんのお水をください。まず傷口を洗います！

メイスケさんは、自分の名前を呼ばれてまじめな顔になった。そして腰のひもをといたひょうたんを渡してくれた。あかりはアサ叔母さんに教わったとおりに、水をつけた布で傷あとをきれいにしてから、スプレーしてばんそうこうを張ってみせた。

――このように消毒します。遠くから歩いて来た女の子たちは……男の子でも小さい人たちは……足をけがしています。足の傷を消毒してあげたいんです。傷口を洗うことができるように、森から谷川が流れ出ているところに救護所を作ります。手当てをする場所です……わかりましたか？

――わしらは、だいたい、わかったと思うのやが、どうやろうか？　とメイスケさんはいった。

――よくわかった、と思います。

真木が力をこめてそういった。

メイスケさんも朔も、あかりまで笑った。真木もあわせて、四人で笑いながら、あかりは、メイスケさんが「三人組」での真木の役割を正しくわかってくれていると感じた。

6

今度は朔が、メイスケさんにたずねる役を引き受けた。

――これから、どうするんですか？

――どうなるのやろうか……わしらは「逃散」にな、明日、あさって、谷間で休んでもらおうと思うとるのやが……それから山越《やまご》えして行かれたらとな。

あの人らがきめることではあるのやが……

――城下町から、藩《はん》の軍隊が追いかけてくるのでしょう？

――あんたらが来る前にな、雨が降り続いて、大水《おおみず》が出たのや。川下《かわしも》の方では、橋が流れたし、道はくずれたし……「逃散」は山づたいに来たのやが、藩の侍はな、道をなおしもって隊列を組んでくるのやから、あと三日はかかるやろう。

――それなら、足の傷の手当てをして、よくなるまで、子供らは休めるわ。よかったねえ、真木さん！

――よかったと思います。

そういうと、ひとつだけ開けてある箱に、あかりが使ったびんとばんそうこうの残りをしまった。真木はその箱を朔に渡すと、自分も一箱かかえあげていた。

メイスケさんが、もうひとつを軽がると提《さ》げて、一行はクスノキの下の道へ踏み出した。「ベーコン」が足もとを駆けぬけて、先頭に立っていた。

真木はしっかりした足どりだった。それでも「あんぜん」を考えるあかりは、真木が足をすべらせた場合を思って、その脇を歩いた。すぐ後について来る朔も同じ気持ちのようだった。

7

岩鼻から降りて行った道の途中に、メイスケさんよりずっと年上の若者が、着物のすそをうしろで帯《おび》にはさんで待っていた。メイスケさんはあかりたちと話す時とはすっかりちがう、大人のような様子で、若者と話した。若者は、段ボールの箱を三個とも受けとって走りくだって行った。

メイスケさんと「三人組」が、いったん杉林の暗いなかに入り、そこを抜けると、坂道がゆるやかになった。左側に谷川が見えて来て、それはしだいに道のすぐ下を流れるようになった。道はばも広くなった。そして、川すじの大きい道が見えて来た。

道に行きあたった谷川は、石を組んでアーチにしたトンネルをくぐり、大きい川に落ちている。あかりたちの歩いて来た道の行きどまりに、小さな広場があった。はしには、谷川へ降りる敷石の段々《だんだん》がある。広場には大きい木が一本立っていて、高みを見上げると明るい黄緑《きみどり》の葉が茂っていた。

――このカツラの木は、見覚えがある、と朔がいった。

広場に入ったあかりたちが、まず見たのは、そこから川すじの道へ移ろうとしている大人たちだ。男も女も頭に紺色《こんいろ》の手ぬぐいをかぶっている。広場で寝るために使ったむしろや枠組を男たちがかつぎ、女たちが荷物をかかえていた。

　それらの人たちが上がって行く道には、ずっと川上までむしろの小屋が並んでいた。そのまわりに、大人たちから子供らまで、みんなうつむいて立っていた。それらの人たちに「三人組」はめずらしいはずなのに、すれちがう人たちさえ、顔をあげてこちらを見ようとしない。それほど疲れてるんだ、とあかりは思った。

　もう一度、元気をなくしてしまいそうなあかりに、メイスケさんが広場の奥の、谷川への降り口のところから呼びかけて来た。
　——姉《あね》さん、ここでどうやろう？
　——ありがとう、メイスケさん。
　メイスケさんは、手伝う若者たちに威厳《いげん》のある表情を示しながら、それでもいそいそと仕事にかかった。

8

あかりは、メイスケさんの指示を受けた若者たちが、救護所を準備している様子を一生懸命に見た。

——私と手当てを受ける人が、むしろの上に向かいあって座るのはべんりじゃない、とあかりはメイスケさんにいった。

私はここに座ります。手当てを受ける人は立ったままで、片足ずつ、私に向けて出します。足をのせてもらえる、つるつるした板を持って来てください。

手当てを受ける人は、谷川の水で足を洗って上がって来ます。石段からここまで、きれいなむしろを敷いてください。

あかりはゆっくり、言葉を切ってそのようにいった。通じるか心配だったけれど、すぐメイスケさんは仲間と働きはじめた。ほかの若者たちが、女の子供たちを広場に入れて、石段まで一列に並ばせていた。

メイスケさんがはだしになって、ひたひた水がよせているところで足を洗うと、かかとだけで石段を上がった。そして、あかりがわらの敷き物に座っている前の、細長い板の上に片足を乗せるまでをやった。

子供たちはじっと見ていた。メイスケさんは、ピョンと跳び上がり、空中で向きを変えてむしろの上に着地すると、

――みんな、いまのようにやるのや！　と大声でいった。

もう広場いっぱいに並んだ子供たちが、谷川に近い列から石段を降りて、足を洗い始めている。順番を待つ子供たちは、緊張してうつむいたままだった。

9

目の前にそっと出される足の指にスプレーで消毒薬を吹きつけては、ひと息おいて、ばんそうこうを張りつける。

あかりはその作業を続けた。石段で手間どる子供がいても、あかりは待つ間にばんそうこうの紙をはがして、左手の甲にくっつけて準備した。休む時間はなかった。足に傷をつけた女の子たちの行列は（もすこし年下の男の子供たちも来た）いつまでも短くならなかった。

最初に手当てを受けた年長の子の何人かは、あかりが作業をしているむしろの脇に、近くの林で集めて来る枯れ枝で焚火《たきび》をしてくれた。

谷川で洗った足を石段を上がったところでふく布は、汚れてくると手当てに使う布もあわせて、その人たちが谷川で洗い、焚火の周りに組んだ木ぎれに掛けて乾かした。

小さい子供たちに危なくないように、木の桶《おけ》に水をくみあげて足を洗ってやる人もいた。年長の女の子たちはみんな、それぞれに働いてくれたのだ。

アサ叔母さんから、ナースの仕事で大切なのは、苦しんでる人の手当てをする時（心のなかでは驚いたりつらく感じたりしても）、慣れたことをしている態度であること、と教えられていた。あかりはそれを守ろうとした。

真木は、広場の隅《すみ》から椅子《いす》のかわりになる短い丸太を運んで来て、腰をかけていた。そして消毒薬のスプレーが出なくなるたび、すぐ次のびんを渡してくれた。使った後のプラスティックのびんは、丸太から立ち上がって踏みつけ、ぺしゃんこにしたところでふたをして、段ボールの箱に並べた。養護学校の作業所で覚えた、分別ごみの整理の仕方。

そういう仕事がない時、真木は熱心に手当てを見ていたが、おや指と人さし指の間がパックリ裂《さ》けている足を見ると、ああーっ、と声を出した。消毒の終わった小さな女の子のグループが、焚火を遠巻きにして真木を見ていた。真木が声を立てたのにならって、その子らも、ああーっ、といっていた。

時間がたつうちに、小さい女の子たちは活気をおびてきた。だれもが持ってるらしい笛を前かけのうしろから出して、手で隠しながら口にあてると、ピッと吹いた。

真木が顔をあげて、音のした方を見ると、別の女の子がピッと吹く。間を置いては笛が吹かれるたびに、真木はもう顔をあげないで、笛を吹く女の子の方に指を一本向けた。

何人もが一緒に吹いても、絶対音感のある真木は音の高さを聴きわけて、それぞれに指を向けた。決してまちがえない。女の子たちは、すぐ遊びのルールを覚えて、なんとか真木をだしぬこうとした。

10

あかりと真木が子供たちの足の手当てをしている間、朔はどうしていたか？　メイスケさんについて、川上の方を見に行ってたのだ。あかりの仕事が順調に進み始めるまで、行ったり来たりして様子を見ていたメイスケさんが、一緒に来るようさそってくれた。

メイスケさんは、道じゅうに作られているむしろの小屋の間を、軽がると歩きぬけて行った。そこに寝とまりしている大人の男や女、年をとった人たち子供らが、まわりに立っていたが、メイスケさんにも、朔にも顔を向けなかった。自分らだけのことを、考えこんでいる様子だった。

道の両側に続く、小さな家の戸は開かれていて、暗い土間に赤あかと火が燃えていた。湯気がたっているなかで、女の人が働いているのが見えるところもあった。

――「炊《た》き出《だ》し」の支度をしてもろうておるのや、とメイスケさんは説明した。

わしらの村にもな、食物が余分にあるのやないよ。それで「炊き出し」に使えるものを倉《くら》で

探したり、山で集めたりするのが、昨日までわしらの仕事やったのや。

もっと川上に歩くと、木でらんかんを造った大きい橋がかかっていた。その向こう岸に、木立を切り開いた広場と、倉庫らしい建物があった。「逃散」の人たちのむしろの小屋は、橋の上にも広場にもずっと並んでいた。

メイスケさんと朔は、小屋とその間に立っている人たちの、狭い間をとおって、橋を渡って行った。

大きい建物に入ると、暗い右側いっぱいに麻袋《あさぶくろ》が積みあげられていた。鼻がムズムズするような、強い匂《にお》いがした。左側の、細長い土間の向こうに座敷があって、うしろの明かり障子から光が入っていた。羽織に袴《はかま》をはいている、頭にまげをつけた老人たちが、輪を作ってきちんと座っていた。

——長老の人らの集まりや、とメイスケさんがいった。

こちらを向いた長老たちには、

——昨日話した、「三人童子《どうじ》」のひとりですが！　とあたりまえのことをいうように朔を紹《しょう》介《かい》した。

谷間の人間が困っておる時に、森から「童子」が降りて来てくれるというのは、本当やったのやと思いますわ！

あとふたりの「童子」は、足を傷めた子供らの世話をしよります。わしらは、この「童子」と働くつもりで……

長老さんから命令が出るまでな、ハゼの実の袋の脇で待っておりますが！

朔は、ダッフルコートを着てスニーカーをはいている自分を長老たちが見ていながら――これまでのところ、道すじで会う「逃散」の人たちは、メイスケさんにも朔にも目を向けようとはしなかったわけだが――めずらしそうにもしないのが不思議だった。

麻袋を積んだ低い床に場所を見つけて、朔と並んで腰をおろしてから、メイスケさんがいった。

――わしらはいつも、おかしなことばっかしやってきたのでな、長老らはまたかと思うだけなのやろう。わしらが、わざわざあんたに妙なかっこうをさせとるのやと思うとるかも知らん。

7章　メイスケさんの働き

1

――ここに積んである麻袋《あさぶくろ》にはな、ハゼの木の実がいれてあるのや、とメイスケさんが、いった。

ヤマモミジやサクラの葉もきれいやが、いちばん赤いのは、ハゼの木やとわしらは思うよ。それに目をつけておいてやな、秋の終わりに、実がついた枝をとってきてな、広場にひろげて、大勢で叩《たた》いて、実を集めるのや。

年貢米《ねんぐまい》のかわりに、ハゼの実の麻袋を藩《はん》におさめることができるものやから、米が不作の年でもな、この村はなんとかやってこれたと聞いとるわ。

――ハゼの実を……なににするの？

いい、い

――ろうそくの蠟《ろう》の原料や。わしらはな、ゆくゆくこの村でもな、蠟を作れるようにしたい

と思うよ。

　朔《さく》は自分よりほんのわずか年上のメイスケさんが、そのように実際的な知識も計画も持っていることに感心した。

　そこへ斥候《せっこう》が戻って来た。「木から降りん人」の仲間にちがいない。メイスケさんは長老たちのところに呼ばれた。広場から「逃散《ちょうさん》」の人たちの代表も加わって、会議が開かれた。そこから聞こえてくる早口の話し合いが、朔にはわからなかった。それでも、なにかたいへんなことが起こっている様子なのだ。

　メイスケさんが戻って来ていった。

——あんたらはな、岩鼻《いわはな》へ引きあげておってください。藩の軍隊はまだ遠方におるのやが、三十名もの鉄砲隊が、山づたいに近づいておるそうなのや。

鉄砲隊！　朔はもう道すじの人たちの目をひくのもかまわず、救護所《きゅうごしょ》まで駆けてメイスケさんの情報をつたえた。

――まだ手当ては終わっていないよ、とあかりはいった。

――「三人組」の「あんぜん」も大切じゃないか。このすぐ川下《かわしも》の道に、鉄砲隊をふせぐ陣地を……バリケードを造るといってるんだよ。

朔のいうことを聞いて、真木《まき》が椅子《いす》にしていた松の丸太から立ち上がった。それでもあかりは、次つぎに自分の前に立って板の上に足をのせる子供らの手当てをしていた。

朔がムキになってせかしてはじめて、あかりは気持ちをかためた。年長の女の子たちに話すことにしたのだ。

その三人は、もう娘さんといってもよくて、あかりに向けて最初に足を出してくれた人たちだった。それからも、行列の子供たちの世話をしたり、布がぬれてしまうと、焚火《たきび》に乾かしたものと取りかえてくれていた。

あかりは、持っていた消毒薬とばんそうこうを三人の娘たちに差し出して、心をこめていった。

――あなたたちが、続けてください、私は兄や弟と、ここから離れなければなりません。

三人の娘たちは、うしろに髪をたばねた頭を寄せて、あかりにはわからない言葉で相談した。

それから、なかのふたりがびんと紙箱を受けとった。あとのひとりに、朔は、真木が空《から》になったびんを集めた段ボールを見せると、身ぶりをしながらいった。

——あなたたちが使ったびんは、別の箱に入れて、穴をほって、うずめてください。

三人とも、強くうなずいてくれた。あかりは胸がいっぱいになった。自分がうずめるつもりの箱をかかえた朔と、あかりが真木の待っていたカツラの木の下に行き、ふりかえると、娘たちはもう行列した子供らの手当てを始めていた。

笛で真木と遊んでいた小さい女の子のグループは、かたまりになってついて歩いてきた。自分の前で跳びはねる女の子たちは、痛みなしで歩けることを見せているのだ、とあかりは思った。

道が谷川から離れて狭い坂道になるところで、女の子たちは真木に追いつくと、めいめいの持っていたものを、真木の半外套《はんがいとう》の大きいポケットに押し込んだ。真木がなにかいうと、はずかしそうな笑い声をたてて逃げだして行った。

2

登り坂を歩くのは、やはり真木には難《むずか》しいらしく、「三人組」が岩鼻まで帰り着くには時間がかかった。その間、あかりは真木にも朔にも、口をきくことができなかった。

ザクロの黄色の葉が新しく降りつもった、やわらかい日だまりに、疲れていることもあり、三人は黙って座っていた。あかりは、あの娘さんたちや、小さな女の子たちはこれからどうなるかわからないのに、自分たちだけ「あんぜん」に避難した、と考えた。

急いでつたえに来た朔の知らせを聞いていると、まず真木を安全なところに隠れさせなければならない、とあせる気持ちになった。鉄砲の大きい音はなにより嫌いなはずなのだ。

――いつになったら、もう一度、消毒を始められると思う？　とあかりは朔にたずねた。

――え？　鉄砲隊と「逃散」の人たちの間で、戦争が始まるんだよ！

朔は反撥《はんぱつ》した。それから、真木を心配させないように、と考えたのだろう。もっと冷静な声になって続けた。

――しかしね、鉄砲隊も警戒しているはずだから、到着までに時間がかかるかも知れない。谷間の長老たちはね、準備している「炊《た》き出《だ》し」を急いで、「逃散」の人たちに食べさせてさ、鉄砲隊が来る前に山越《やまご》えを始めてもらう計画なんだ。

――女の子たちはどうするかしら？

――こういう場合はさ、まず女性と老人や、子供たちが出発するんじゃないの？

――あの女の子たちは、いますぐ出発なんかできない、私が思っていたより、ずっと状態は悪かったよ！

あかりは叫ぶようにいった。そして口をつぐむと、自分が両手の指を強くこ、す、り、合わせていて、それをやめられないのを見おろした。

——私が救護所に戻って、だれかにメイスケさんを呼びに行ってもらう。そして、やめてもらうようにいうわ。

そういいながら、あかりは立ち上がっていた。自分がふつうでなくなっているのがわかった。これまで、そのようになってしまうと、母に絵の仕事でムリをさせないよう父に抗議したり、別の時は自分の頭を家具にぶつけてみたりした。

——よし、それならぼくが行こう、と朔が固いこぶしのような顔になっていった。

真木さん、アーちゃんのそばを離れないでね……ぼくがなかなか戻って来なかったら、あれをいうんだ。さあ、「三人組」は帰ろう！　をいってね？　この場合、二人組になってもさ。それじゃ、「いちおう」行ってくるよ。

3

坂道を見おろしていると、オリエンテーリング大会ではあのように走るのかとびっくりするスピードで、朔が駆け降りて行った。朔自身も、あの女の子たちの足の傷のことを考えてるんだ、とあかりは思った。

もっと落ち着いてから、あかりは真木のところに戻って座り、ポシェットから板チョコレートを取り出して、三つに割って真木と食べた。ふたりとも食べ終わったところで、真木があかりの膝《ひざ》の上の、残りのチョコレートをじっと見た。あかりはいった。

――サクちゃんが帰ってくるからね。

――「炊き出し」を食べるのじゃないでしょうか？　と真木はいった。

あかりが朔の分をふたつに割ってひとつ渡そうとすると、真木は受けとらなかった。あかりを元気づけるために面白い言葉をいおうとして（朔から聞いた「炊き出し」という言葉が面白いと感じたのだ）、真木はまずチョコレートの残りを見つめることから始めたわけだった。

4

まず朔はカツラの木のある広場に行った。そこでは、娘たち三人が、あかりにまかされた足の傷の消毒を続けていた。あかりが手当てをしていた時にはいなかった、おばさんたち、おばあさんたちも行列に加わっていた。

朔を見つけて、娘のひとりが段ボールの箱にたまった、使用ずみのスプレー装置つきびんを見せに来た。使った消毒薬の後始末《あとしまつ》を頼んだ人だ。朔はメイスケさんを探していることをいった。その娘だけじゃなく、十人もが案内役を引き受けた。みんなは朔を取り巻いて、川すじの道を歩いて行った。

メイスケさんと一緒でなく、ダッフルコートとスニーカーの自分が「逃散」の人ごみにまじることを、朔は気にかけていたのだ。その朔を、彼女たちは守ってくれていた。

　朔がメイスケさんと歩いた時には道をうずめていたむしろの小屋が、全部片づけられていた。道には荷物を持ったり赤んぼうをおぶったりした女の人たちと子供らが立っていた。お椀《わん》を持ってなにか食べている子供らもいた。

　橋まで来ると、その上は男たちでいっぱいだった。人の波は倉庫のある広場まで続いていた。案内の娘たちは、朔をつれてそこを通りぬけることをあきらめて、橋のたもとの細い道から川原に降りた。別のグループが倉庫へメイスケさんを探しに行っていた。朔は川を見わたせる白い岩の上に座らせられた。

5

メイスケさんは、若者ふたりに両側から守られてやって来た。若者たちを、救護所を造った時働いていた人たちとして朔は覚えていた。かれらを、女の子たちが少し離れてかたまっている場所に残して、メイスケさんひとり朔が腰をおろしている岩まで来た。

疲れているメイスケさんは、これまでの元気で愉快そうな少年でなく、ふきげんな大人に見えた。その表情のまま、メイスケさんは朔に声をかけた。

――どうして岩鼻に帰っとらんのやろう？　もうすぐ戦《いくさ》が始まるかも知らんのに……

――ぼくたちは、三人で岩鼻に帰っていました。しかし、姉が、子供たちにはあの足で山道を登ることはできない、と言い出して……メイスケさんに知らせてもらいたい、というので、ぼくが降りて来ました。

メイスケさんの顔がみるみる赤くなった。目も、上向きの鼻も、大きい口も、その全部が力をこめて、朔にかかってくるようだった。メイスケさんは、朔に追いつけない早さで話した。頭にうかぶことを全部いおうとしている感じだった。

わかり始めたのは、メイスケさんが朔も聞いたことのあるたとえを使ってからだ。「だれが猫にスズをつけるか？」

いま森づたいにやって来る藩の鉄砲隊が猫だ、と朔は考えた。

千人の「逃散」の人たちが、三十人の鉄砲隊をやっつけることはできる。それでも相手は鉄砲で撃ってくるのだから、何人かは殺されてしまうだろう。その危険のある、バリケードにたてこもって鉄砲隊に向かって行く人たちを、どのように選ぶか？

その難しいことをきめるために倉庫の会議が続いている……

そのうち、メイスケさんは、朔の方でも心を痛めて聞いているのに気がついた様子。そして話しやめると、流れている川を眺めていた。

もう一度、朔に向きなおったメイスケさんは、真木やあかりとしゃべっていた時の話し方に戻っていた。

――そういうことなのやよ。わしらもな、このままではいかんなあ、とは思うとったのや。それで別のやり方を考えておったのやが……

言い出しても長老らは賛成してくれんと思うて、いわんかったことがあるのや。

いま思うとな、わしらの考えならば、あんたの姉さんがええというやも知れん。わしらはそれをやってみようかと思うよ。

もうメイスケさんは、元気で生き生きした表情に戻っていた。そして、計画を話した。

これから、わしらがひとりでな……あそこにおる者らも連れんでやよ（そこで朔は、メイスケさんがわしらというのは、ぼくがという意味だと気づいた）、川下の方へくだって行くのや。鉄砲隊の来ておる道はわかっておるから。

そして鉄砲隊に出会うたらな、隊長さんに、このまま登って行くと戦《いくさ》になるというのや。谷間の入り口には陣地も造られたし、森には人がいっぱい隠れておって、石を投げおろすのやと……

ウソやないよ。これはわしらがいま準備しておることやから。わしはウソはいわんわ。ウソは泥棒の始まりやから！

それからな、川を渡ることのできる浅瀬に案内して、向こう岸の、山越えの道まで一緒に行くのや。高い所に先まわりさえしたら、鉄砲隊は陣地をかまえられるやろ？「逃散」は、けわしい一本道を登って行って、高いところから狙い撃ちされるのや。

それなら、鉄砲隊のひとり勝ちかというと、そうでもないやろう。「逃散」は千人もおるのや。鉄砲隊も千発の弾は持って来ておらんと思うよ。

それがわかれば、両方が休戦したいと思い始めるのやないやろうか？

もう鉄砲隊に先をこされたのやから、「逃散」をやめる。お殿様にお許しがもらえるように、鉄砲隊の隊長さんに頼んでもらう。そういう相談が始まらんともかぎらんやろう？

両側ともな、一度も話し合いをせんで戦《いくさ》を始めようとしておるのやよ！

朔は、メイスケさんの考え方が自分にはとてもかなわない複雑なものだと思った。このようなプランを考え、それも自分で実行する人は、どんなに知恵と勇気があることだろう？

鉄砲隊に出会ったとたん、撃ち殺されるかも知れないのだ。「逃散」の人たちからは、裏切者として非難されるかも知れない。それを、どうして恐れないでいられるのだろう？

メイスケさんは、朔に話す間にも心をきめていた。すぐ川下に出かけることにして、腰にさしていた刀を岩の脇にほうり出したのだ。

朔は大切にしているスイス製のアーミーナイフを取り出した。複雑な仕組みのナイフは、原理よりも技術で、こちら側の科学を混乱させそうだったけれど、朔はメイスケさんにそれを渡した。

6

それから朔はメイスケさんにいった。

――岩鼻に戻って、子供たちが山越えしなくてすむと、姉に教えてやります。

はじめてメイスケさんはいたずらっ子の笑顔を取り戻して、

――うまい具合に行ったならば、やけどなあ、といった。

どっちにしてもな、これからわしら、いそがしいことになると思うわ。もう会えんかも知らんから、ひとつ聞いておきたいのや。

どうして、あんたらは、この時にな、この場所に来たのやろう？

朔は、おばあちゃんが描《か》いた谷間の出来事の絵について話した。たくさんの絵のなかで、メイスケさんが柴犬と岩鼻に立っている絵が真木の気にいった。そして犬（真木にとっては「ベーコン」）に会いに行きたい、と思いついた……

そのように話しはじめると、朔は真木に障害があることも、自分の生きてる時代に、「千年スダジイ」のうろのなかで眠れば本当にねがっている場所に行って、ねがっているものに会える、と言い伝えがあることも、話さないではいられなかった。

——「千年スダジイ」の言い伝えは、わしらも聞いてな、うろのある木を見に行ったわ。犬もあそこで見つけたのやから。あんたがいまからどれだけ未来の人か知らんけども、そこでも千年というとるのやねえ。

——あなたの見た「千年スダジイ」は、幹が途中で折れていましたか？　雷が落ちてそうなった、といいますけど。

——折れてはおらんかったよ。しかし、そういうこともあるやろうなあ。これから永い時がたつのやから……

メイスケさんは、腰をおろしていた岩からきっぱり立ち上がると、こういった。

——もっと話せたらば、良かったのやが……姉《あね》さんとも兄《あに》さんとも。

わしらにはな、もうそのひまもないのや！

7

朔が岩鼻へ上がって行くと、あかりも真木も顔を赤くして喜んだ。朔はあかりが、足を傷つけたまま山越えしなければならない子供のことだけじゃなく、自分のことも心配してくれてい

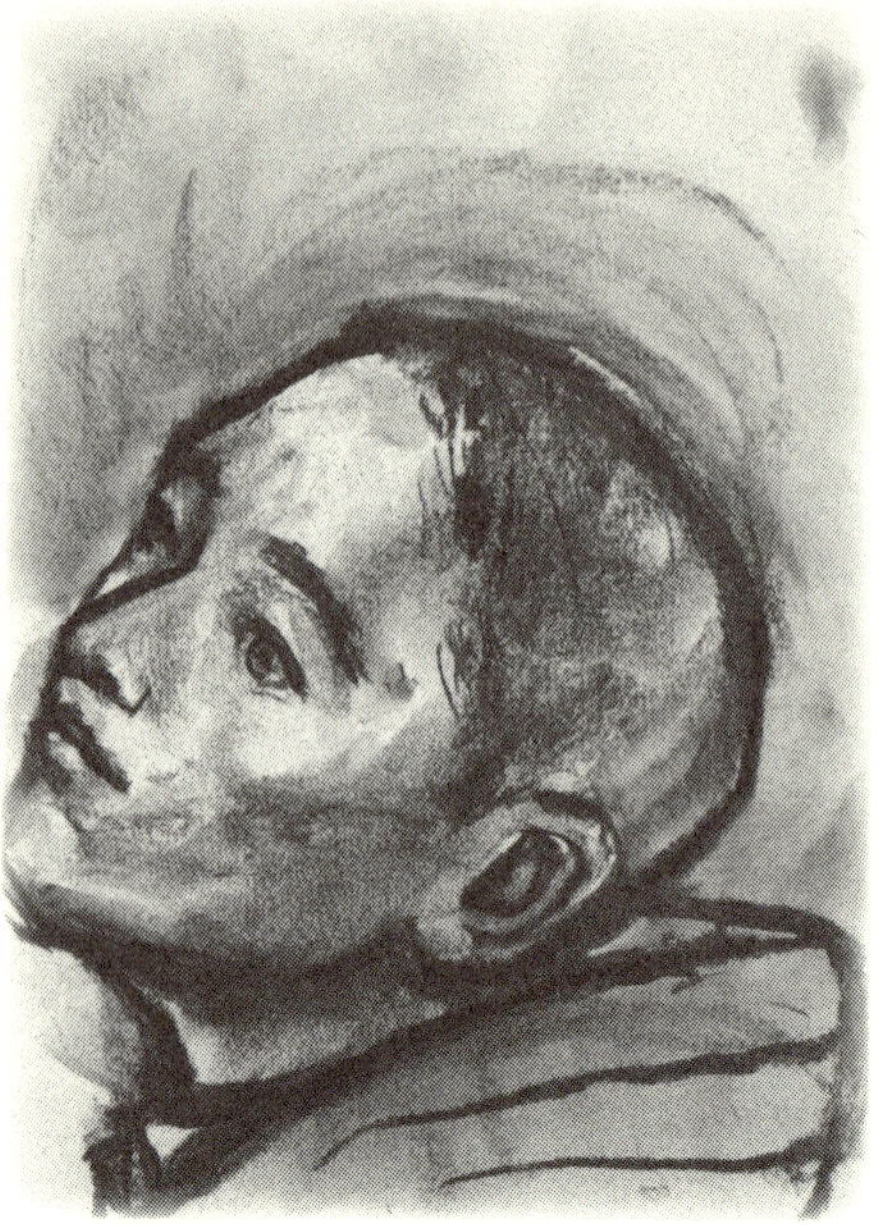

たのだ、と思った。

真木が弟の無事を喜んだことも確か。それに加えて、もうひとつ喜ぶ理由があった。朔は「ベーコン」を連れて来ていた！

メイスケさんは、急いで始めなければならない仕事があったのに、岩鼻に帰る朔のことを心配してくれたのだ。

――わしらが斥候を出しておるのやから、鉄砲隊の方も、斥候を前に進ませておるやろう。カツラの木のところからの登り道は、川下からは見とおしやよ。川上から岩鼻にまわる道があるから、犬に案内させてやるわ。わしらが指笛を吹いたらな、川を渡ってすぐにここへ来るのや。

メイスケさんは、口に指をくわえて、朔がビクリとするほど大きい音をたてた。

あんたの兄さんが、この犬を連れて行きたいというたら、そうしてもええよ。あれだけのお薬を積んで来たのやから、帰りに犬を運ぶくらい、やさしいのやないか？
……こら、犬！　案内して行け。「ベーコン」！　あの上の、岩鼻におる人らのところへ行け！

8

朔は、犬を追いかけて自分には初めての道を登りながら、ずっと耳を澄ませていた。鉄砲の音が聞こえない間は、まだ悪いことは起こっていないのだ。

岩鼻まで、一時間かかったから、もうメイスケさんのプランは実行されて、子供たちは山越えをしなくてよくなったはず。朔はあかりにそういった。

あかりはメイスケさんの話したことを次つぎに聞きたがった。それでも、朔は、メイスケさんが「ベーコン」を連れて行っていい、といったことは黙っていた。

真木は、いつも朔とあかりが話し合っていることを、少し離れて別のことをしながら聞く。いまは、いい姿勢で立っている「ベーコン」のそばに座って、燃えるような赤茶色の背中をなでてやっていた。

真木は、夏のような、馬のからだと同じ、柔らかくてあたたかい「ベーコン」にさわっているのだ。

朔は、自分が岩鼻まで戻って来た時、あかりと一緒に真木が赤くなって喜んだことを考えた。メイスケさんのいったとおりつたえたなら、真木はそれこそ真赤になって喜ぶのじゃないだろうか？

しかし、「三人組」が「ベーコン」を連れて自分たちの時間と場所に帰った後、メイスケさんは、いま始まろうとしている難しい仕事をひとりでやり続けなければならない。犬さえもなしで……

考えている朔のすぐ横で、あかりがひとつ深呼吸をした。朔はあかりが大切なことを考えて、それをいおうとしているのをさとった。

朔は頭の回転が早いこともあり、考えたらすぐ口に出す性格なので、ある時、父が教えた。大切なことは、また危ない感じのことは、それをいう前にひとつ深呼吸して、それでもまだ、いいたいと思えばいうといい。この深呼吸は、言葉に力をつけることにもなる……

そうでなくても、口をきくことに慎重《しんちょう》なあかりが、そばで聞いていてあらためて自分の習慣にした。

——足に負傷している子供たちが、山越えをしなくてよくなれば、私は嬉《うれ》しい、とあかりはいった。

でも、千人もの人たちがここまで「逃散」して来たのは、目的があってのことでしょう？

——ぼくも、メイスケさんにそのことはたずねたよ。本当に、「逃散」を中止していいのか、と……

メイスケさんの答えは、こうだった。どうしても生活が苦しければ、何年かたつうちに、もう一度、ということになるはず。また「逃散」になるか、武器を準備して戦う「一揆《いっき》」になるか、どちらかだ。

その時は、わしらも少し年をとっておるから、もっと上手に働けるやろ……

——この二日間、何度も考えたことだけど、私と同い年くらいなのに、メイスケさんは「シブい」ねえ、とあかりはいった。

——……しかし、いろいろあったね、と朔はいった。

みんな疲れたし、もう帰ろうか？

あかりは黙っていた。真木もそう。朔はふたりと同じように黙って待つほかなかった。

それから、最初ここに来てすぐ聞いた、海鳴りのようなどよめきが起こった。耳を澄ませた真木が、

——あのなかで、子供たちが笑っていますよ、といった。

「ベーコン」を先頭に、朔は川上の方から登って来た道の、木立がとぎれている曲がり角まで駆けた。あかりと真木もついて来た。

真下に、ハゼの実の倉庫が見えた。円錐形《えんすいけい》の黒い帽子をかぶって、鉄砲を肩にのせた侍《さむらい》たちが、倉庫の前に横一列に並んでいた。

広場の周りから橋まで、さらに川原にも人がいっぱいだった。広場の中央だけ空いていて、村の長老と「逃散」の人たちの代表が、やはり円錐形だが金色の帽子に、肩のピンとした上っ張りをつけている侍に向かいあっていた。

——メイスケさんが、通訳のようなことをしている、とあかりがいった。

話し合いがうまくいったら、おばあちゃんの絵のような宴会になるんだわ。

真木が「ベーコン」の肩をポンと叩いた。犬はもう暗くなった木立の間を駆け降りて行った。見送ってから真木は振り返ると、

——さあ、「三人組」は帰ろう！　といった。

からだが浮かぶ感じのなかで、あかりは真木さんも「シブい」と考えた。

8章　ウグイの石笛

1

帰ってから三日間、あかりはベッドから起きあがることができなかった。シイの木のうろから「森の家」に降りてくる道も、ムー小父《おじ》さんにおぶってもらったのだ。

その三日間、目がさめている間はずっと、

――生まれてからはじめての、本当に不思議なこと、とあかりは思い続けた。

百二十年も前の世界に出かけて、向こう側で生きている子供たちと会った（メイスケさんも、生き生きした子供の顔をしていた）。

――それでも、なにより不思議なのは、とあかりは考えた。いま、こちら側の世界に帰りついていることだ……

アサ叔母《おば》さんが、なにもできないあかりの代わりに、食事を作ってとどけてくれた。朔《さく》が、食堂のテーブルに真木《まき》と二人分を並べ、あかりには二階まで運び上げていた。

向こう側でのあらましのことを、アサ叔母さんとムー小父さんに報告したのも、朔。

二日目、朔はあかりがベッドに起き上がって食べるのを（のろのろと、少しだけ）なんだかあらたまって見守りながらいった。

――あの人たちはさ、「三人組」が話せるようになるまで、ゆっくり待ってるって。ぼくたちが向こう側に行ったことは、信じてくれているんだ。こちらも、くわしく正確に話をしたいから、いま、ノートをとってるよ。

三日目の夜になって、あかりが居間に降りて行くと、真木は居間の窓ぎわにふたつの山にして載《の》せている魚のかたちの石笛を見せてくれた。

――救護所《きゅうごしょ》から引きあげる時、小さい女の子たちが追いかけて来たよね。手に隠してたものを、真木さんのポケットにいれてたわ。こんなにもらっちゃったの？

――音の高さが正確なのは、少しでした。

絶対音感のある真木は、石の魚の背びれに鉛筆で記号をつけたものを、小さい方の山に整理していた。

――フラットのシとか、レ、ミ、ファ、シャープのファとかあるのね。この小さいのは、上のレか……真木さんも、あの子たちのように吹けますか？

真木は、あかりがバラバラにした石笛を並べなおしてから、ひとつ一音ずつピッと吹いて、メロディーをつないだ。

真木が、養護学校の中学部を出る時作曲して、父が詩をつけたこともある曲。

——え？『卒業』は、百二十年も前から谷間で歌われてたの！

朔は大声でそういった後、いっぱいくわされたことに気づいた。

——アーちゃんに自分の曲を吹いてみせるために、必要な音を見つけておいたのか……

あかりは、こちら側に帰ってからはじめて笑った。真木は得意そうに、朔は仕方がないというように、笑っていた。

2

翌日、あかりと真木は、朔が向こう側での出来事をまとめるための調査について行った。

「森の家」から木立のなかの道を上がって行くと、朔のコンパスだと、北へ登る林道に出会う。それを横切って古くからの道に入ると、「千年スダジイ」に行くことになる。しかし、今日は林道を西に降りて行く。それが、アスファルトで舗装《ほそう》されて、幅も広くなった国道につうじている。

森からそこまで流れ降りている谷川も、いまは両岸がコンクリートでかためられ、国道のずっと手前で地面にもぐっていた。

それでも、大きいカツラの木が、救護所を作った場所の目印になった。朔はムー小父さんにコピーしてもらったこの土地の地図に、カツラの木の位置を書きこんだ。

いったん道路の下にもぐった谷川は、向こう側の、ずっと低いところで、土管から川にそそいでいる。その川岸も高い堤防になっている。

――私たちが見た川岸は、笹竹《ささたけ》のやぶがずっと続いてきれいだったのに、とあかりはいった。

――でも雨が降り続くとさ、川岸の道が崩れて通れなくなると、メイスケさんに聞いたよ、と朔はいった。

「三人組」は川上の方へ歩いて行った。

――あの下に見える、川いっぱいに岩盤がひろがってるところね、岩の上にずっと板が載せてあって、「逃散《ちょうさん》」の人たちのトイレにしてあった、と朔がいった。

ムー小父さんにその話をしたんだ。そして、大昔は川の上にトイレを造ったので、カワヤという言葉ができたそうですけど、といったのね。ムー小父さんは、古代で肥料は大切だったから、川には流さなかったという説もある、と教えてくれた。

木のらんかんの橋だったところが、「三人組」も渡ったことのあるコンクリートの橋だった。向こう岸のハゼの実の倉庫のあった広場が、高くまで斜面をきりひらいて、中学校になっていた。

グラウンドのはしの、木立との境に講堂が見えた。そこで吹奏楽の練習をしていた。真木が聴いているので、あかりと朔も立ちどまってしばらく待った。

3

川すじの国道を引き返す時になって、気になっていたことをあかりはたずねた。

——私たちは向こう側に行って、まず岩鼻《いわはな》についたでしょう？　メイスケさんにも「ベーコン」にもそこで会ったし、谷間に降りた時にもいったん岩鼻に戻ってきて、それからのことを考えたでしょう？

どうして、今日は岩鼻を調べなかったの？

——岩鼻は、もうないからさ、と朔は怒ったようにいった。

——もうない、といって……あんなにしっかりした場所が？

——いまもあるなら、谷間のどこからでも、見上げられるはずでしょう？

ぼくもまず、岩鼻の位置を地図に書き込もうとしたんだよ。それで昨日、「森の家」から谷間に向かって探検《たんけん》したりさ、川すじの通りから見上げてみたりしてたんだ。

ところが、岩鼻がどうしても見つからないから、アサ叔母さんにたずねたのね。

叔母さんは、こういったよ。「サクちゃんが、谷間に入る車で、あ、山崩《やまくず》れだ、といったじゃないの。あれが岩鼻のあったところ」。

向こうに見えるでしょう？ 岩鼻の岩のかたまりを壊してさ、大型トラックが何台も入って、運び出したそうだよ。あの岩はとても質の良い石で、高く売れるんだ。いま建築ブームでしょう？ アサ叔母さんも、子供の時に岩鼻へ遊びに行って、岩から魚のかたちにはがれた石をひろっては、穴を開けて笛を造ったって……ウグイの石笛というそうだ。

——もしもね、メイスケさんが、あの人の側からシイの木のうろに入って、こちら側に来たとするでしょう？ そして、未来では岩鼻がなくなってると知ったら、どう感じるかしら？

——がっかりすると思うよ。タイムマシンで少し前の過去に行って、大人になれば悪いやつになるはずの子供を始末《しまつ》することもできないなら「むいみ」だ、といってさ、真木さんを怒らせたね。

未来に行って、自分の土地がいまよりひどくなってると発見するのなら、タイムマシンは「むいみ」より悪いよ。

朔もあかりも黙りこんだ。話の一段落《いちだんらく》を待っていた真木が、遠慮がちにたずねた。

——メイスケさんが来る時、「ベーコン」は連れて来るでしょうか？

4

カツラの木のある林道の入り口に、この前と同じ中学生たちがむらがっていた。

——今日は！　と真木が呼びかけた。

中学生たちは、あいさつを返さなかった。そのかわりに、ドッと笑った。

「三人組」が国道から降りて行くと、真木と同じくらいの年齢の少年が立ちふさがった。あかりは、その高校生がだれかに似ていると感じたが、考えをつないでゆくひまもなかった。

少年が、大人びた強い調子で、こういったのだ。

——あんたらは、シイの木のうろでなにをしとるんか？

朔が、ずっと背の高い相手の前に進み出た。朔は答える前に、ひとつ深呼吸していた。はぐらかすつもりじゃなく、説明するのが難《むずか》しいことを、どのように話すか考えているのだ。少年の方も、まじめに待ち受ける感じだし、とあかりは考えた。

ところが、ひとかたまりになった中学生たちのなかの、機敏《きびん》そうな子が、かきまぜるようなことをいった。

——おまえと姉《あね》さんが、なにかしとるんか？　兄《あに》さんと姉さんが、なにかやっとるんか？

中学生たちのかたまりは、いっせいに笑った。朔と向かい合っている少年が、そちらを振り

返って制止する身振りをした。少年が向きなおった時、朔の顔は固くしたこぶしのように青くなっていた。少年はプッと吹き出した。

朔が少年を殴った。それよりずっと大きい音をたてて、少年が殴りかえした。朔は頭をさげると、少年の胸に突っこんで行った。相手はよろめいて後退したが、持ちこたえた。

組み合ったまま、ふたりは押しこんだり押し返されたりした。そのうち朔が倒れると、相手は大柄なからだで馬乗りになり、両手で朔の首を押さえつけた。

朔は自由になる右手で少年の顔を殴ろうとしていた。少年が両腕の間に顔をうずめたので、頭をかすめるだけ。

首を押さえられた朔は、息が苦しそうだった。今度は右手をひろげて、地面を探している。真木がしゃがみこんで、ポケットに入れていた石笛を渡した。朔は、少年の頭を殴った。

少年は、朔の首から離した手で自分の頭にさわり、血で汚れたのを見ると、朔のからだの左側にゴロリと転がり落ちた。両手で頭をかかえ、エビのようなかっこうで静かになった。

真木が朔を起こしてやった。石笛を持ったまま腕をたらしている朔の肩に、真木はふたりとも小さいころそうしたように腕をまわして、さっさと歩き出した。

5

真木と朔について歩いて行くあかりを、朔が肩ごしにチラリと見た。朔が、好きでないのによく使う言葉がもうひとつある。「みじめ」。そのとおりの顔をしていた。あかりは朔をかわいそうに感じていながら、石で人の頭を殴ったことがいやだった。

林道が谷川から離れて杉林のなかの登りになる。ある高さで、中学生たちの言い争う声が聞こえて来た。

朔がビクリと肩を震わせて、立ちどまった。ふりかえった朔は、怖いような目をしていた。手には血のついている石を握っていた。

あかりが真木の腕をかかえて坂道を上がって行こうとすると、兄は強い力で振りはらった。

あかりはひとりでドンドン歩いて行った。友達と会ったりサークル活動をしたりするより、真木と一緒にいる時間を大切にしてきたこと。それが「むいみ」だった、と思った。

6

中学生たちは、追いかけて来なかった。「三人組」は一緒に「森の家」へ帰り着いた。それでも、三人ともバラバラの方を見るようにして、話はしなかった。

朔は、兄弟の寝室にひとりで入って行った。真木は居間に残り、カシの木立に面した窓にもたれていた。あかりは食堂のテーブルに両肱《りょうひじ》をついて座った。

しばらくして、あかりは真木のところに立って行った。

——FMの番組はないの？　CDをかけてもいいんだよ。

再生装置には顔を向けもしないで、真木は、

——サクちゃんが戦いました！　といった。

——石で殴ったのは悪いよ。

——私も戦いましたからね、と真木は反抗した。

あかりは、ひとりで二階の寝室へ上がる勇気がなかった。階下が真木と朔だけになると、怖いことが続くような気がした。途方《とほう》にくれる、とはいまのようなことだ、とあかりは思った。

朔はいま、自分のしたことに責任をとるために、なにかしなければ、と苦しんでいるだろう。

しかし、どんな手がかりもなくて、この世界も、自分の行く先も真っ暗だ、と感じていること

だろう……

7

そのうち、今度は真木が、窓の向こうに見つけたことを（父と「森の家」に来て「ベーコン」を見つけた時のように）あかりに知らせに来た。外を見ると、カシの木立のなかに立っているのは、頭からあごにかけて包帯《ほうたい》を巻いた少年だった。

あかりは朔の寝室にとんで行くと、二段ベッドの上段で向こうむきの朔に、

——あの子が復讐《ふくしゅう》に来た！　と知らせた。

玄関のドアをロックして、隠れていようね！

——そういうことはできない、と朔は答えて、ムックリ起き出した。

玄関でズックのひもを結んでいる朔のそばに、いくつもの石笛を両手にのせた真木がしゃがんで、

——どれにいたしますか？　といった。

——どれもいらない！

朔は強くいった。それでもセーターの襟《えり》もとを押しさげると、青黒くなっているところを真木に見せて、説明した。

——さっきは、息が苦しかったからね。真木さんのおかげでずいぶん助かったけど、もういりません。

あかりは、急いで窓ぎわに戻る真木について行った。朔が、包帯を巻いている頭の分だけ背の高い少年に近づくのを見ていた。声は聞こえなかったが、ふたりが話し合う様子はよくわかった。

そのうち、少年がうしろに向いて手を上げると、林道につうじている道の方から、小柄な少年が駆けて来た。

二対一の戦いが始まる、とあかりは腹を立てたが、三人は静かに話すだけだった。やがて少年たちは、朔に手を伸ばして握手をすると、カシの木立のなかを引きあげて行った。

居間に上がって来た朔は、上気していた。

——ぼくが負傷させた人は、新《あらた》くんというんだ。松山の私立の高校に行ってるのね。アサ叔母さんに応急処置をしてもらったそうだ。「いちおう」赤十字病院で検査するって……もうひとりのカッチャンは、みんなを面白がらせようとして、あんなことをいったんだ。後悔してたよ。

——サクちゃんもあやまってたね、とあかりはいった。

あなたたちは私のように途方にくれてないで、解決法を見つけだすから、えらいと思うわ。

8

次の朝、もう食事を運ぶ必要のなくなったアサ叔母さんは、それでも様子を見に来ると、まず朔に、負傷した新の頭は大丈夫《だいじょうぶ》だった、といった。

——しかしね、サクちゃん。暴力は、大きいものでも小さいものでも、人間のする、いちばん悪いことね。暴力をふるわれて苦しいのは、いうまでもないけれど、ふるった方もつらいでしょう？

さて、子供たち同士で話はついてるのに、学校が夏休みだということで、公民館にお母さんたちが集まるそうです。私とムー小父さんも呼ばれています。

アーちゃん、来ますか？

この土地の女性たちの様子が、いくらかはわかるでしょう。加害者の家族はどう考えてる？　そう質問する人がいれば、「三人組」のひとりとして、答えることもできるし……

——サクちゃんと私は戦いましたからね、ともう一度、真木はいっていた。

9

新だけ高校生で、仲間のうち目立っていたが、その母親も、広い肩からまっすぐ首を伸ばして話す様子は、周りからきわだっていた。

――今度の出来事ですが、アサさんのおかげで、いまのところは異常なし、とわかりました。新は、自分らも悪かった、といっております。カッチャンのお母さん、それでいいですね？ しかし、このような出来事になった、もともとの原因の方も、考えてみたほうがええのやないですか？

もういまは、テレビのおかげで、都会から来たお子さんらに、ここの子供らが、それだけで興味を持つことは、ないですよ。

そやけれど、なにか風変わりなことをしておられたらば、やっぱり気にしますでしょう？ 森の奥の木のうろに、女の子もいれて子供ら三人が寝とまりするというのは、普通のことですか？

なにをしておられるか聞くかわりに、不まじめな大人のようなことをいうたのは恥ずかしいことですよ。

しかし、それでも、こういうことをする人らがなかったらば、なにもいう者はおらんし、いわれた者が腹を立てて人を傷つけることもなかったでしょう。

私はな、東京から来たお子さんらに木のうろで眠ってみるようにすすめた大人が、だれより良くないと思います。どうしてそういうことをされますか？

十年前に、同じことがあって、学校でも村でも非難されました。その人が、今度も、同じことをしたのでしょうが？

あのようなことになったのは悪かったと、責任もとられたじゃないですか？　どうしてまた、同じことを始められたのでしょうか？

10

あかりは、朔のしたこと（とくに石で傷つけたこと）がとりあげられないので、少し気持ちが軽くなった。しかし、「三人組」へのムー小父さんの協力が非難されていることは確か。ほかの人たちは、どういうのだろう？

新の母親が話す間、隣りに座っている人は、しきりにうなずいていた。小柄なことも、機敏な感じも、カシの木立で朔との話し合いに加わったカッチャンに似ていた。しかし、新の母親が話し終わると、黙っていた。続いて話し出す人はなかった。

それをよく見きわめるようにして、母親たちから離れて座っていた、もっと若い女性ふたり

のうち、赤ちゃんを抱いている人が、

——直接は関係のないことですけど、話させてもらえませんか？　とたずねた。

——いいと思うわ、とアサ叔母さんが答えた。

赤ちゃんを脇の娘さんに渡して、その人は立ち上がった。

——私は森の奥の地域の者です。今日は谷間の診療所でナースをしている妹のところにいます。

妹からムー先生のことで話し合いがあると聞いて、朝早く出て来ました。十年前も、私は妹と谷間に下宿して、中学に通っていました。母が診療所に入院していたんです。

そういえば、思い出されるのやないですか？

ムー先生におねがいして、シイの木のうろで眠らせてもらったのは、私らでした。先生は、うろの外で、登山用の寝袋《ねぶくろ》で寝られました。

その翌日から、学校でも、川すじの道を歩いていても、みんなに呼びとめられては、シイの木のうろでなにをされたか、聞かれました。なにもされない、と答えても、信じてもらえません。ほかの子供や大人が、なんで夜なかに木のうろに入らにゃならん？　とか、聞くだけです。私は、黙っているようになりました。ムー先生が、学校をやめられることになったけれど、私は黙っていました。それから、いままで十年間、黙っていました。

今度また、ムー先生のことがうわさになって、話し合いがあると妹がいってきました。私は、もう黙っているのはやめよう、と思いました。

教室で、シイの木のうろの言い伝えの話をされたのは、ムー先生です。それを聞いて、私も「童子《どうじ》」のようによその世界に行きたい、と思いました。

よその世界といっても、私が行きたかった場所は、自分の村の分教場のグラウンドです。私は母に聞いた話を確かめに行こうと思いました。私がまだ生まれていない、戦争の続いている時間まで行って、村に連れて来られた子供らを見たかったんです。

ムー先生は、私と妹に言い伝えをためさせてやる、と約束されました。その前に、私らが安全であるように、シイの木のうろの高いところまで調べられました。その時ムササビに指をかまれたので、ムー先生というあだなになったのやないですか？

（それはまた別やよ、という声が出て、いったん話はとぎれたが、すぐ続けられた。）

ムー先生は、ムササビを追いはらって、戻って来ないように幹の穴をふさいで、私と妹がシイの木のうろで眠るようにされたんです。

いま東京から夏休みで来ていられる子供さんが、自分らもこの実験をしようと思ったとしたら、その人らにそうしたい理由があったからやと思います。

あかりは、教室でのように手を上げて、

――そのとおりです、といった。

11

話し合いが終わった後、アサ叔母さんとムー小父さんが、新の母親と立ち話をしている間、あかりは通路の壁に張ってある子供たちの絵を見ていた。

メイスケさんを描《か》いた（「一揆《いっき》」の農民たちの先頭に立っている、まだ大人にはなっていないのに威厳《いげん》のある）絵があった。

赤ちゃんを抱いた若い母親がやって来て、

――ありがとう、とあかりにいった。

――こちらこそ、ありがとうございます。

正面から見ると、真ん丸な顔に赤い頰《ほお》の、救護所で消毒の仕事をあかりから引きついでくれた娘さんに似ていた。なにか話したそうにして、いまは時間がないから、と自分であきらめる笑顔だった。

十年前、子供仲間にも大人にも信じてもらえなくて、黙ってしまった。そして、黙っていたことでずっと苦しんできた人、とあかりは考えた。

そしていま、思いきって話をした。「けなげ」という言葉は、こんな人のことをいうんだ……

9章　戦争から遠く離れた森の奥で

1

ムー小父《おじ》さんが「森の家」を管理しながら住んでいる離れで、昼食会が開かれた。

朔《さく》は友達になった新《あらた》とカッチャンから、森の古い道の探検《たんけん》にさそわれていたので、あかりと真木《まき》が参加した。アサ叔母《おば》さんと、この日の午前中の集まりで話した、若い母親のしげ子さんが妹を連れて来たので、小屋の裏のベランダはいっぱいになった。

ムー小父さんは、かまどでピザを焼くのに忙しかった。休む間も、しげ子さんが抱いている赤ちゃんに煙がよくないと、大きい栗《くり》の木の下の椅子《いす》に座って煙草《たばこ》をのみながら、ベランダの話を聞いていた。

――しげ子さんたちは、シイの木のうろで夜をすごして、どんな夢を見たの？

アサ叔母さんがそうたずねても、はじめしげ子さんは黙っていた。

あかりは、

――黙っていることになれた人なんだ、と思った。

妹さんは、目や口もとに力をこめてしげ子さんを励まそうとしていた。

それから、しげ子さんは悲しそうに見えるほど静かに話し始めた。

――私と妹は、ふたりで同じ夢を見ました。それは私たちの見たかったとおりの光景でしたけど、目がさめてすぐは、言葉でいえなかったんです。

あかりは、最初に「夢を見る人」のタイムマシンに乗った時、自分もそうだったと思った。

――そのあと、いつも考えているうちに、雪のなかの男の子たちが古い毛布で造った外套《がいとう》を着ていたこととか、犬がいたこととか、少しずつはっきりしてきました。

……いまは、本当に見たいと思った場所と時間のなかへ行けたと知っています。

――よく思い出してから、ムー小父さんには話したの？

――学校をやめられた先生に会うことはなかったし……こちらに戻って来られたと聞いても、先生に悪いことをした、という気持ちがあって……妹よりほかの人に話すのは初めてです。

2

あかりは、しげ子さんにいった。

――私たち「三人組」がシイの木のうろに入った時は、どんな時間の、どんな場所に行きたいか相談していました。

おばあちゃんから、この土地で起こったことを描《か》いた絵をもらってるんですけど……その一枚がとくに兄の気にいっていて、私たちはまず、そこに行きたい、と思ったんです。

――行けたのね？

――行けました。百二十年も前の、谷間を見おろす岩鼻《いわはな》に……

兄はとても会いたがっていた犬に会いました。

――メイスケさんは「ベーコン」を連れていました、と真木がいった。

――私が分教場からここの中学に移って来た時、まだ岩鼻はありました。男子生徒が竹竿《たけざお》にひもの輪をつけて、ザクロを取りに行ってたわ。

メイスケさんのことも、ムー先生の話に出てきました。犬の名前は知らなかったけど……

――私がつけましたからね、と真木が得意そうにいって、みんなを笑わせた。

それから、しげ子さんが続けた。

――ムー先生がシイの木のうろの言い伝えのことを話された時、私が本当に行って見たいと思ったのも、母から聞いた話がきっかけです。戦争の終わりに、自分たちの住んでる地域に起こったことを、話してくれていたので……

3

しげ子さんをじっと見つめていたアサ叔母さんが、こういった。

――あなたたちのお母さんは、私が小学生だった時……戦争中は国民学校といったんですけど……あなたの村の分教場の生徒だったはずね。本校は森の東の出口にあって、分教場は私たちの村に近かったんです。私は谷間の子供でしたけど、森の奥の村での出来事は聞いてました。お母さんがなさったのは、戦争の終わる年の初めに、あなたの村の人たちがみんな出て行ってしまったという話でしょう?

――そうです。

――ムー小父さんも、この話を知ってられますね?

――いまは、知ってます……けれども、十年前はまだ聞いていませんでした。それで、しげ子くんから、なにを見に行きたいか話されてもよくわからなかった。

その後、出来事のことを知って、土地の若い人たちと調べています。

——アーちゃんたちに説明するなら、「逃散《ちょうさん》」よりはずっといまに近い時代のことです。まだ四十年ほど前の話だから。出来事のあった場所は、ここから森の奥へ歩いて二時間ほどのところね。

それでも、あまりいまの人が知らないのは、出来事が起こった村の大人たちがつたえようとしなかったからでしょう。早く忘れたいと思ってた様子ですから。

でも、しげ子さんのお母さんは、小さい人たちにきちんと話していた。そして、しげ子さんたちは、起こってる出来事の現場を見に行きたくなったのね。

それからアサ叔母さんは、あかりと真木にこういった。

——シイの木のうろに入った子供が、あすこへ行きたいと心からねがうと、思いがかなう……

私はね、それがこの言い伝えで、いちばん好きなところなの。心からねがうということは大切ですから。

子供にも大人と競争することはあるけれど、大人に負けないという自信はなかなか持てないでしょう？

ところが、心からねがうということなら、子供は大人よりすぐれているわ。

あなたたちも子供である以上、その能力を活用しない手はないよ！

4

ピザを焼くかまどのふたをしめて、ムー小父さんがベランダに上がって来た。椅子の数が足りないので、ちょうど良い具合に伸びている、栗の木の大きい枝にからだをもたせかけて、

――アサさんのいわれるとおり、私も、子供が心からねがうことには力があると思うなあ、といった。

シイの木のうろの言い伝えのことを、教室で話しはしたけれど、自分で信じていたのじゃない。ところが授業の後で、しげ子くんが小学生の妹さんと一緒に、シイの木のうろで眠りたい、と頼みに来たんだ。

しげ子さんと妹は、うなずいた。

――私は、考えたんです。この子供たちは、よその世界へ行こうと、心からねがっている。そんなことありえない、とはいえない……

それでいて、学校をやめることになった時、私はしげ子くんたちが見たかったものを見たかどうか、確かめようとはしなかったんです。

ヨーロッパの田舎《いなか》を歩いている間、私が時どき思い出したのは、あの子供たちは心からねが

っていた、ということでした……

真木さんがひとりでシイの木のうろに入りに行ったと聞いて、あの言い伝えは本当だったんだ、と思いました。

今度こそ、向こう側へ行った子供たちの報告を聞きたい。アーちゃん、私はそう思います。

5

あかりは、自分にたずねられて言い逃れしていると思われないように、ムー小父さんをまっすぐ見て答えた。

――「三人組」がどんな体験をしたか、私よりも弟がうまくいえると思います。サクちゃんは、森や谷間の実地調査も始めていますし……

私はしげ子さんと妹さんに、シイの木のうろに入って見に行ったことを話してもらいたいんです。

アサ叔母さんもムー小父さんも、私たちが、百二十年も前の世界へ、「夢を見る人」のタイムマシンに乗って行ったことを信じられました。でも、「逃散」の人たちの来る谷間に行った時、私と弟には、心から見たいとねがうものがあったのじゃありません。真木さんには、「ベーコン」に会いたい気持ちがありましたけど……

私は、向こう側に行ってる間ずっと怖くて、帰りたいと思っていました。シイの木のうろのなかで目がさめて、いまのここに戻っているとわかった時、本当に嬉《うれ》しかったんです。ところがいま、私も弟も……真木さんもそうだと思いますけど……新しい旅に出たい気持ちでいます。それで、しげ子さんたちが、向こう側に行きたいと、心からねがった時のことを話してもらいたいんです。

――私も、話してほしい、とアサ叔母さんがいった。

それにね、私が知ってることで、しげ子さんたちの話をおぎなうことができるかも知れません。

6

しげ子さんは話した。

話していて、なにかたりないものがあるように感じると、妹の方を見て口をつぐむ話し方だった。それを待ち受けて、たりないものが付けたされた。

ふたりは、十年間、他には聞いてくれる人なしで、このようにして話し続けてきたんだ。あかりは、そう思った。

――私たちは子供でしたけど、ずっと小さいころから、村で恐ろしいことがあったのを知っ

てたと思います。だれから聞いた、というのでもないのに、なんとなく、知ってたんです。そしてとうとう私は、その話をしてくれと母にいったんです。

戦争がずっと続いていたころでした。その戦争も終わる年の初めに（母たちはいつまでも戦争は続く、と思ってたそうですけど）、森の奥の村に、都会から十何人もの子供たちが連れて来られたんだそうです。

しげ子さんの妹が、続けた。

――「疎開《そかい》」して来たんです。大阪や神戸が空襲されて、またいまにも空襲されそうで、地方に移って来る人たちがいた。それを「疎開」といったということは聞いていました。とくに子供たちの……

ところが、私たちの村に送られて来たのは、悪いことをして施設に入れられてた子供だったそうです。その施設ごと私たちの村に疎開して来たんです。

――その子供たちがやって来てすぐ、村の道で死んでるネズミやモグラや、イタチまでが見つかるようになりました。それから、家畜が……そしてとう

とう人間まで死んだそうです。

　疎開の子供たちが伝染病を持って来た、とうわさがたちました。村には診療所もなかったし、どんな伝染病かもわからないまま、村の人たちは、そろって土地を出て行きました。

　そして、疎開の子供たちだけが残されました。施設に入れられている子供たちを、勝手に移動させてはいけない、と通達があったともいいます。

　村はその子供たちだけになった、ということです。だけど、子供たちがどのように暮らしたかは、母も話してくれませんでした。

　それから母が病気になって、診療所に入る母と、私と妹が、谷間に移って来ました。そして教室で古い言い伝えを聞いたんです。

　私は妹と相談してから、ムー先生のところに行って、シイの木のうろをためさせてください、といいました。

　出来事は、戦争が終わる年のことですから、私はまだ生まれていませんでした。でもその二月初めの村へ行くことができたら、と思ったんです。

知らない村で子供たちだけが暮らしているところを見たい。そのように心からねがって、シイの木のうろで妹と眠りました。そして気がつくと、雪のつもった村にいたんです。

7

――でも私と妹が見たものは、簡単《かんたん》なんです、としげ子さんはいった。

いまは子供でも使いすてカメラでたくさんの写真をとりますね。私のころは、遠足に行っても、自分の写ってる写真は一枚か二枚でした。それを見ながら思い出すことを話したんです。私たちは、シイの木のうろで眠って見たことで、あれと同じようにしてきました。

森も道も家も雪で真っ白ななかに、十四、五人の子供たちがいた。みんな男の子で、同じ服装をしていた。分教場のグラウンドで、輪になっていた。

よく見ると、子供たちはそれぞれ、小鳥をぶらさげていた。そしてなかにひとり、ほかの子供より小さい子が、大きいキジをかかえていた。赤い顔、濃《こい》みどりの胸、長い尾が雪の上までたれていた。犬が小さい子とキジを守っていた……

――子供たちは、みんな楽しそうにしていました。私と妹は向こうから見つからないように、分教場の入り口の、松と竹と、花の咲いた梅の植え込みに隠れていたんです。

そのうち、犬が私たちに気づいて……犬は走って来ました。私と妹は男の子たちに見つかると、怖くなりました。心から、もとのところに戻りたい、とねがいました。

そして、気がつくとシイの木のうろのなかで抱き合って泣いていたんです。私たちに思い出すことができたのはそれだけです。

8

あかりは、「三人組」がこちらに帰って来る時、真木にいってもらう言葉のことを考えた。なんとなく、それが「夢を見る人」のタイムマシンの「呪文《じゅもん》」なんだ、と思っていた。真木にはふつうのことではできないものがいくらもあるのに、不思議なことを知ってる場合があるから……

そうではなくて、「三人組」が心からこちら側へ帰って来たい、とねがっている時、その気持ちを口に出してくれていたのだ。

あかりは、しげ子さんと妹さんの話が、本当だと思った。

9

続いて話をしたアサ叔母さんも、あかりと同じ考えの様子。

——戦争が終わった年、私は八歳でした。森の奥のうわさは覚えています。あすこで伝染病がはやっているから、谷川の水は飲んじゃいけない、というものでした。

その村の人たちが、一週間か十日だったと思いますけどね、谷間に避難して来ました。私の家には村長さんの御家族が泊まられました。

私と遊ぶ女の子が、こんなことを話したんです。病気になった子供がひとりいたけど、もう助からないといって土蔵《どぞう》に残された。よその人にはいっちゃいけない「ひみつ」なんだ、と……

いったん引きあげた村長さんがもう一度私の家に降りて来られて、駐在所《ちゅうざいしょ》のお巡《まわ》りさんが、お酒を飲む席に呼ばれました。村ごと避難した間に、分教場から出てはいけないといっておいた子供らが悪いことをしていた。そのひとりが村から逃げ出したので、手配《てはい》してほしい。そんな話なのね。

お客様をもてなしてた母が……アーちゃんたちのおばあちゃんですけど……悪い子供らはなにをしたのか、たずねました。

　空き家になった家に勝手に入り込んで、そこにしまってあったものを盗んで食べた、と村長さんは怒ってるんです。母は、子供らだけが残されていたのなら、なんでも見つけて食べるのが正しいのやないですか、といいました。

10

　ムー小父さんが話した。

　——土地の言い伝えに、「千年スダジイ」の話があるし、メイスケさんが「逃散」を解決した話も知られています。新しい言い伝えとして、敗戦の年にはやった伝染病のことがあるわけです。

　森の奥の村も、この谷間も、隣町に合併されて、新しい「町史」が作られました。しかしそこには、伝染病で村民が避難したことは書いてない。施設ごと疎開して来た悪い子供らが、置きざりにされた話も出てきません。

　しかし、年をとった人に直接聞くと、初めて雪が降りつもった森で小鳥をとらえて、それからやるお祭りを、よそ者の子供らがしたようだというんです。

しげ子くんが、シイの木のうろに入りたい、と言い出した時、私は古い言い伝えが本当かどうか、ためしたいのだと、受けとめました。

ところが、しげ子くんたちは、ずっと気がかりだった、新しい言い伝えを確かめる目的を持ってたんだね。

――知らない村に、子供たちだけで閉じこめられたら、どんなにつらいかと思って、その子供たちのことが心配だったんです。もし行けたとしても、ただ行ってみるだけで、なにもいいことはしてあげられないのに……

――置いてきぼりにされた子供たちが、元気だった。それを見てきた、というだけですてきじゃないの、とアサ叔母さんはいった。

小さい女の子たちにできる本当にいいことでしたよ。

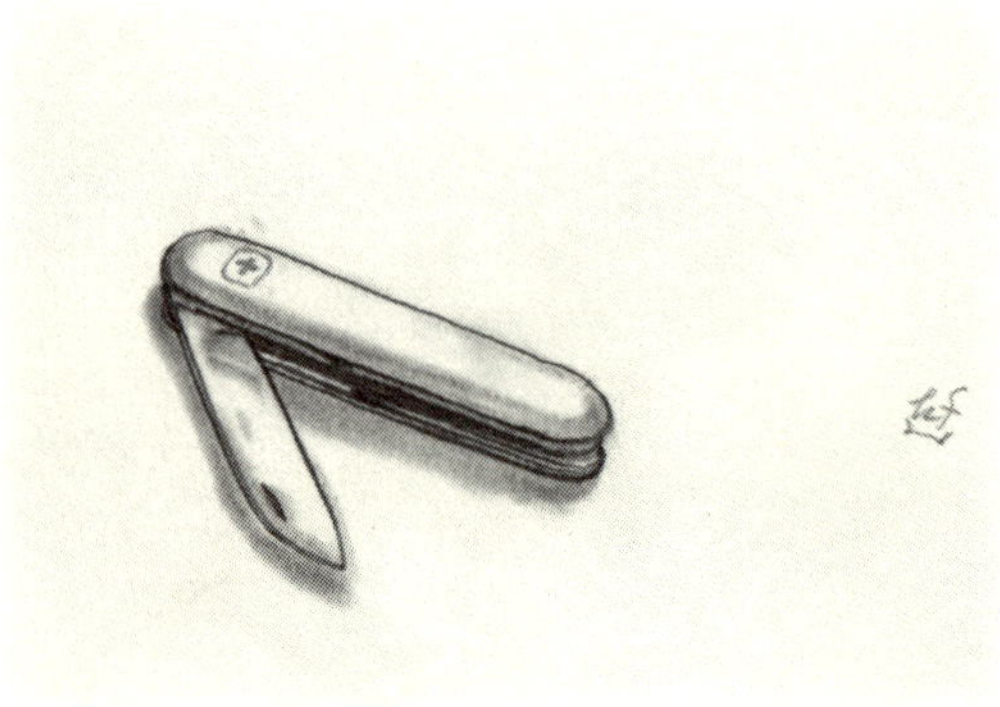

10章　人生の計画

1

新《あらた》たちと、古い道を歩いて森の探検《たんけん》に出かけていた朔《さく》が、遅く帰って来た。あかりが、ムー小父《おじ》さんにもらっていたピザをあたためた。一日じゅう、男の子仲間と活動してきた朔は、乱暴なほど勢い良く食べた。

この夏休み、サクちゃんは「森の家」で、真木《まき》さんや私とずっと一緒だから、きゅうくつなのかも知れない、とあかりは思った。

いつまでも「三人組」で暮らすことはできない……でも、私は真木さんとチームを守るんだ。

――考えごとをしてるの？

朔にたずねられて、

――「人生の計画」について、少し、とあかりは答えた。

——両親を見ていても思うことですが、と朔は、まじめなところとふざけているところをビー玉の模様のようにまぜていった。わが家で、人生のことを考える役は女性のものだね。

——森の地域から来た女の人がすてきだったよ。シイの木のうろもためしたって。

——合併の前、根城《ねじろ》村といったところね。新くんからいろいろ聞いた。ぼくらは今日の午後、そこに行って来たよ。

新くんが村の名をいうと、カッチャンがドロボーのねじろとやじってさ。根城は、勢力の中心のお城、とぼくはいったんだ。つまり根《こん》拠《きょ》地《ち》だから、悪い意味でも使われるけれど、ベースキャンプのことなんだ、と……

新くんは、感心してたよ。

朔が自慢げだったので、あかりはおかしかった。父が、古い言葉に出会ったら、新しい言葉でどういうか、また外国語ではどうかと確かめるのがいい、といった。朔はそれを守ってるわけなのだ。

——五百年昔は戦国時代だから、このあたりでも小さな城主が勢力争いをしてたのね。なかでも強い城主のいたのが、根城村。地形を見れば、強さの理由がわかるよ。

新くんは、住む人の少なくなってる村を守りたいんだ。それで、草を刈ったり道をなおしたり、ボランティアを始めてるのね。「いちおう」大学へ行くけどさ、ここに戻って働くって。

「人生の計画」だよ。

だから、ベースキャンプという言葉が気にいったんだ。

2

——新くんは、「夢を見る人」のタイムマシンで行ってなにを見たか、聞かなかった？

——カッチャンがさ、「近未来」にも行けるか、聞き出そうとしたけど。

——なぜ、「近未来」なの？

——SF映画に、そんなのがあるでしょう？　「近未来」に行って、新聞の競馬欄《けいばらん》を見てくるとかさ。カッチャンは、根城の計画のために大金《たいきん》をもうけたいんだ。

聞いてた新くんが怒ってね、おれたちはもっと地道な根拠地を造るんだ、といったよ。

——「夢を見る人」のタイムマシンというような言い方が、新くんはいやなのね。

朔は、

――ぼくもそう感じたよ、といった。これからは、慎重《しんちょう》に話そうと思ったんだ。

――根城から出て来たのは、しげ子さんという若いお母さん。中学生の時、ムー小父さんに教えられてシイの木のうろに入って、うわさになった人……

――もともとね、この土地では、シイの木のうろに、それも夜なかに、子供が入って眠るのはあぶないとされてきたらしいよ。ふつうの子供のすることじゃないんだ。そのしげ子さんも、別の村から来た子供だったわけでしょう?

ぼくたちは東京から来たし、「三人組」にはふつうじゃない真木さんもいるしさ。

真木はＦＭを聴きながら、あかりと朔の話に注意していたが、なにもいわなかった。

――……そうでなければね、あれだけ面白い言い伝えがある以上、シイの木のうろに入ってみようとしないはずはないよ。

3

あかりは、しげ子さんが妹とふたりでシイの木のうろで眠って見た光景の話をした。驚いたことに、朔は根城に置きざりにされた疎開《そかい》児童のことも知っていた。

新とカッチャンは仲間を集めて、根城に残っている家を訪ねては、年をとった人たちに必要な手伝いをしている。そして、おじいさん、おばあさんたちに、昔からのこと、また戦争のころの出来事を話してもらってきた。

――しげ子さんと妹さんが見たという、雪のつもった分教場の話だけどね、と朔はいった。

根城では、雪が降った翌朝、森のへりで小鳥がたくさんとれるんだ。しゅろのせんいでわなを造る方法も教わったよ。小さい子が、キジまでとってたというのは、本当らしくないけども……

――「ベーコン」を連れていますからね、と真木が力をこめていった。

朔はキョトンとした。それでもめげずに話を続けていた。

――その小さい子のことは、根城へ入る時にね、深い谷を渡る橋の上で、聞いたんだ。疎開して来たのは、悪いことをして施設に入れられてた連中だそうだけど、その子は兄さんとふたりきりなもので、疎開について来てたのね。村の人たちが留守の間に、水の増えた川に落ちて死んだらしいよ。

帰って来た大人たちはさ、少年らが村の家に勝手に寝とまりしたり、しまってあったトウモロコシやイモを見つけて……まあ、盗んで……食べたことで、腹を立ててた。

根城では、初めての雪の朝にとった小鳥を焚火《たきび》であぶって、お祭りをするんだそうだ。少年らもやった。だからグラウンドに集まってたんだろう。

それを聞いて、とくに村長が怒ったんだ。

――どうして怒るの？　お祭りは、村に必要なことでしょう？

――話をしてくれたおばあさんに、新くんもそういってみたって。答えはね、「村長さんは、しゃらくさいというて！」

真木が、ひかえめにではあるが、ＣＤを入れてある木箱をバシンとやった。

――いやな言葉！　とあかりもいった。

――少年らはあらためて閉じこめられたけど、川で死んだ子の兄さんは、反抗して森に逃げたそうだ。

ところがね、カッチャンは別の話を聞いてるんだ。その小さい子は森で見つけた犬を飼ってたから……真木さんのいうとおり、「ベーコン」の祖先かも知れないね……その犬と一緒に、シイの木のうろからよその世界に行ってしまった。

そんな危ないところに、子供が入って遊んじゃいけない。こうした教訓がついてる話だよ。

真木は、もの思いに沈むようだった。

――真木さん、私たちも根城に行ってみよう、とあかりはいった。しげ子さんから、犬のことをもっと話してもらえるかも知れないし……

4

その週のうち「三人組」は、森の奥の根城地区に出かけることになった。

谷間の診療所の妹の部屋にいたしげ子さんが、赤ちゃんを連れて家に帰る。アサ叔母《おば》さんが、車で送るついでに、長い距離は歩けない真木を乗せて行ってもらうことになったのだ。

あかりと朔は、歩いて行く。車で林道を走れば二十分だが、新に教わった古い道を歩くので、三時間はかかる。ふたりは、そのように計算して、それだけ早く出発した。

――「逃散《ちょうさん》」の三年後に、「一揆《いっき》」がこの村から始まったんだ。メイスケさんの指導する一隊は、この道をくだって行ったというよ。

林道から離れて、日かげの山道に入る時、心細いあかりに朔はそう説明した。

――メイスケさんは、根城に住んでた人なの？

――「一揆」を計画して、最初は小さなグループで出発するのね。その地点を根城にしたんだ。ベースキャンプという考え方を、メイスケさんも持ってたわけさ。

あかりは、疎開児童たちが、戦争の終わりがたに共同生活をした話に戻した。

――私にはね、怒った村長さんがいった言葉がよくわからない。「しゃらくさい」といったんでしょう？

朔はポケットから辞書をとりだして、日本語としての意味と、英語ではどういう単語にあたるかを調べた（弟の服のポケットは全部、二冊から三冊の小型辞書が入るように、母が改造している）。歩きながらすばやくページをめくるところ、朔らしかった。それでいて、赤土の道に出ている石を踏んで転びそうになるのも朔らしかった。

――「なまいきである」「分《ぶん》をこえてしゃれたまねをする」。英語のインパーティネントもチーキも、「なまいき」「ずうずうしい」ということらしいからさ。大人がする大切なことを子供がやって、と腹をたてたんだよ。

――大人は村から逃げ出してたんだし、仕方ないでしょ？　とむきになってあかりはいった。サクちゃん、「しゃらくさい」という言葉を聞いて、真木さんが意味はわからなくても、いやだと感じてたね？　どうして、人間はいやな言葉も作ったのかなあ……

――その言葉でいやなことをまとめてさ、自分から遠ざけようとするのじゃない？　ちょっと考えてから、あかりは感心していった。

――そうだねえ、まとめて遠ざけたいんだ！

5

あかりと朔が、幹の古びた背の高い広葉樹《こうようじゅ》の間を永い間歩いて行くと、急に明るくなって、材木を積んである広場に出た。そこは林道の終点にもなっていて、すぐ前はいちめんクズの葉がおおっている谷だった。

アサ叔母さんと真木が橋のたもとの車の脇に立っていた。しげ子さんは、迎えに来た男の人と車のトランクから荷物をおろしていた。

——真木さんが車で来たがった理由がわかった、とアサ叔母さんが笑いながらいった。しげ子さんが分教場で見た犬のことを、聞きたかったらしいわ。

——種類はわかりませんけど、頭のうしろから背中が、赤いような茶色でした、としげ子さんがいうと、真木は満足そうにうなずいていた。

男の人は、木を組み合わせ細いロープで固定した道具に、幾つものボストンバッグを載せてかつぎあげた。それから、赤ちゃんを受けとって、ワイヤーでつるした橋を渡って行った。

しげ子さんは、根城の案内役になって先に立った。長い橋の中ほどまで来ると、戦争後もしばらくはそこにレールがしかれていて、人ものもトロッコで渡った、と説明した。村の人たちが、伝染病を恐れて出て行く時、レールの上にバリケードが造られたので、疎開児童たちは、逃げられなかった……

しげ子さんの話でしゅんとしてしまった「三人組」に、

——橋ができた時のことは覚えてるよ、あなたたちのパパが、記念の作文で賞品をもらったから、とアサ叔母さんが元気な声でいった。

パパが子供のころ『ニルスの不思議な旅』を買ってもらって、夢中になったのは知ってるでしょう？　あのなかに、グリミンゲ城のクマネズミとドブネズミの戦いが出て来ます。

パパが書いたのは、こんな作文。橋ができると、町のネズミが渡って来て、根城のネズミをやっつけてしまわないか？　それが心配だ……

あかりと朔は笑ったが、しげ子さんは悲しそうなほど静かにいった。

——私の母は、この橋ができたことでどんなに暮らしやすくなったか、とよくいいました。谷の向こうの林道は立派になりましたが、車の渡れる橋に造りかえてはもらえません。地域に住む人が少なくなったから、といいますけど、車を使えるようになれば、住む人も帰って来ると思います。

今度は、アサ叔母さんがしゅんとした。

橋を渡ったところに、新とカッチャンが立っていた。朔は手をあげてあいさつした。あかりは緊張した。ところが真木は、自分から新に近づいて行って謝った。

——私が笛を渡しましたからね。悪かったと思います。頭の方は、いかがですか？

——……まあまあです。ぼくらこそ、悪いことをいって……

新の答えを聞いて、あかりはいい感じがした。知的に障害のある人への、ていねいすぎはしないし、なれなれしすぎたりするのでもない話し方。カッチャンの方は、少し赤くなり、口笛を吹くような口のかっこうをして横を向いていた。

アサ叔母さんがふたりを紹介しようとすると、

——主人の両親に話を聞きに来てくれるから、知ってます、としげ子さんはいった。

この子たちが根城に来て働いて、戦争中の出来事も調べていることを知って……私は黙ってるのをやめよう、と思ったんです。

6

やはり広葉樹が、こちらはいろんな種類が集まって明るい林を抜けると、根城の村がひろがっていた。たいていは草が茂った田や畑のなかに、よくたがやした畑があって、その上にかやぶきの農家が見えた。石垣を積んだ庭から、しげ子さんの荷物を運んで行った人が手をふっていた。

　黒くなめらかな石が敷いてある両側に、商店らしい家が続くけれど、ガラス戸はみな閉じられて、カーテンが日に焼けていた。どこにも人のいる気配《けはい》はなかった。それでいて、清潔に保たれている村……

　新くんたちのボランティアは、そのためなんだ、とあかりは気がついた。子供たちだけでそのように働いている。置いてきぼりにされた疎開児童のお祭りと同じ。どちらも「しゃらくさく」ない……

　あかりは、一緒に歩く新とカッチャンを新しい気持ちで見た。

7

しげ子さんに案内されて行ったのは、もう使われていない分教場だった。敷石道から扇《おうぎ》のかたちにコンクリートの坂が延びて、登りきったところに松、竹そして梅の丸い植えこみがあった。

——私と妹は、ここに隠れて、運動場を見てたんです、としげ子さんは説明した。

グラウンドは、白く乾いていた。ゴミひとつ落ちてなかった。正面に、灰色に見える白ペンキ塗りの木造校舎。そのうしろの高みに、来る途中で見たと同じ、畑に囲まれた農家が見える。前庭に、白い壁の建物があった。

——村の人たちが帰って来ると、あの倉《くら》に疎開児童は閉じこめられました、と新がいった。

みんな黙って、日のあたるグラウンドを歩き、暑いので校舎の日かげに入った。横に並んでいる教室の前の廊下に上がって休むことにした。あかりは、グラウンドをめぐっているイチイの生け垣と、その向こうの屋並、低い山の上の晴れた空とを見た。こんなに静かな、きれいなところなのに……雪がつもっていたらもっと静かだったはずの……

——あなたたちのお母さんに聞いたけど、計画してることがあるんだって？　とアサ叔母さんが新にたずねた。

——冬になったら、ぼくらも、一週間、ここで生活しようと思います。

——それより、自分らもシイの木のうろに入って、戦争が終わる年の、雪の降った日にここへ来よう、そういうたのやが、とカッチャンがいった。

新くんのお母さんが大反対で、うちの母もしり馬に乗ったもんやから……

——私はあなたたちのお母さんに賛成よ、とアサ叔母さんはいった。

ここに取り残された疎開児童が、どのように感じたか知るためなら、新くんの計画で十分でしょう。疎開児童の様子を知りたいのなら、しげ子さんがもう話してくれたじゃないの。

8

そういって話を打ち切ったアサ叔母さんは、あらためて別の話を始めた。

——私だってね、「夢を見る人」のタイムマシンに乗れる年齢の子供だったら、と思うことはあるのよ。

戦争の終わりの夏、広島と長崎に原爆が落とされました。しげ子さんの話にあった診療所の息子さん御夫婦が、広島でやられました。それでも、勤労動員されて工場に行ってたお孫さんのことはなにもいって来ないので、先生が焼野原《やけのはら》の広島に探しに行かれたんです。

それこそ奇跡的なことですけど、先生はお孫さんを見つけて、漁船で四国へ帰られました。ところがその子がからだじゅうやけどで、診療所のお薬では足りなかったんです。

先生がうちに来られて、村に昔からつたわってるやけどの薬を作るように、私の祖母に頼まれました。母と私ら子供が薬草をとって来て、祖母がおなべで煮つめるのね。できたものを診療所に届けるのは私の役目でした。

ある日、私が行ったら、女の子がね、朝顔のゆかたを着て、顔から首まで、そして両手にも包帯を巻いて、籐《とう》の揺《ゆ》り椅子《いす》に座っていました。

私は、今日は、といっただけなの。女の子は包帯を巻いた顔を……頭は防空ずきんをかぶっていたから、原爆の熱線をよけられたけど、放射能障害で、髪は一本もないのよ……可愛らしくかたむけてくれたわ。

その夜ね、先生の奥さんが来られて、女の子が私の声が好きだというから、本を読んでやってください、といわれました。

私は兄に『ニルスの不思議な旅』を借りて、声を出して読む練習をしてたの。すると、お隣りに下宿してられた女の先生が、あのようになまりがきつくては、広島の女学生にはわからんと思う、といわれた。

翌朝、診療所の先生が迎えに来られたのに、私は謝ったんです。コラエテクダサイ、コラエテクダサイ！　うちは読むことができません。大人になったら看護婦さんになって働きます。

コラエテクダサイ！　と泣きさけんで……

9

――もし、シイの木のうろからあの夏の村に帰れたら、私のいったことを先生が女の子につたえてくださったか、知りたい……

　みんなが、また黙りこんだ。真木は、アサ叔母さんが村の女の子の声を出されたのにショックを受けていた。あかりは、「逃散」の人たちになにもしてあげられないと感じた時の気持ちを思い出した。

　グラウンドをにらむようにしていた朔が、

――診療所の先生が、女の子につたえたかどうか、というのは、看護婦さんになって働く、というところですね？　とたずねた。

　先生がそうしてくれていても、アサ叔母さんがナースにならなかったのなら、「むいみ」です。しかし、アサ叔母さんは、引退までナースとして働きました。

先生が、つたえてくれてたらよかったし、そうでなくても、アサ叔母さんが後悔されることはないと思います。

父がよくいうことに、子供には想像力がある、というのがあります。ぼくは、想像するだけで何になる？　と疑ってました。

ところが、シイの木のうろで不思議なことを体験して、ぼくは父のいうことが、本当かも知れない、と思うようになって……

科学的には説明できませんけど、真木さんもアーちゃんも、ぼくも、同じ体験をしています。それは、子供には想像力がある、ということじゃないですか？

診療所の女の子も、アサ叔母さんがナースになって働いてるところを、想像してた気がします。

アサ叔母さんは顔が赤くなるほど首をねじって、朔をジロジロ見ていた。それから、真木とあかりの肩ごしに、朔の頭のうしろを叩《たた》くと、

――サクちゃんのへりくつは「いちおう」聞かせるよ、といった。

アサ叔母さんは、グラウンドのはしの、トタン屋根のついた水飲み場に向かってのしのし歩いて行き、手押しポンプを押して、顔を洗っていた。

10

——水も出るのね、とあかりはいった。

——ぼくらがなおしたから、と新がいった。

時計も、音楽室のオルガンも。

真木が興味を示した。新とカッチャンが、真木を職員室の隣りの、小さい教室に案内してくれた。あかりと朔もついて行った。黒板の脇に、足踏み式のオルガンが置かれていた。

真木はオルガンのけんばんを押して音を調べた。その間、カッチャンは板の床に両ひざをついて、両手で勢いよくペダルを押していた。

真木は、けんばんの音の出ないところを確かめると、そこをさけて、ゆっくりメロディーを弾《ひ》き（あかりにもバッハだとわかった）、和音をつけて速くしながら繰り返した。

——大人になってからも、「森の家」に来ますか？　と新がたずねた。

——サクちゃんは、自分でする仕事があると思いますけど、とあかりはいって、少し考えた。

私は真木さんと移って来ることができるかも知れません。

——谷間の中学校には養護施設がないので、ムー先生がここに作ってはどうか、と……

「森の家」に来たら、手伝ってもらえるとええけども……真木さんには音楽で。

あかりがドギマギしていると、

──「人生の計画」だね、と朔がいった。

まあ、急いできめることでもないさ。

11章　百三年前のアメリカへ行く

1

小さいころから、あかりが朔《さく》に感心していたもうひとつが、木をけずったり、プラスティックの部品を選び出したりして、自分だけの模型を造ることだった。

そういう時、朔は不思議な面白さの言葉をいった。なにか造ったり、使ってみたりしてるうち、そのことを手がかりに、ある言葉を思いつくのだ。そして、自分用にした意味で使う。

「森の家」に来てからも、クスノキの下に、厚くて軽い皮が落ちているのを集めていた。それを、幾つも組み合わせて、船の模型を造った。ある角度より深くかたむけると船が引っくり返るのを、バスタブで実験もした。傾けてももとに戻る力を「復元力」だといって、「復元力」ができるだけ大きくなるよう船のかたちを改良すると、谷川に流しに行った。

その時、

――人間にもさ、「復元力」の大きい・小さいがあると思う、といっていた。

シイの木のうろをとおって百二十年前の谷間へ行った後、あかりにはなかなか元気が戻らなかった。しかし、「復元力」の大きい弟は、次に行ってみる場所と時間を探しはじめていたのだ。

まず朔は、真木《まき》からおばあちゃんの水彩画の箱を借り出した。そして中身を全部、居間にひろげていた。

そのなかの一枚を選べば、「三人組」一緒にそれを見ることで、描《か》かれている場所と時間に行けるはず。実際に行ったのではなくて、三人が同じ夢を見ただけだ、としてもいい。「三人組」は、そのふたつがひとつのことだと、知っているから。

おばあちゃんの水彩画を調べる朔の脇で、あかりも自分の好きな絵をまとめることにした。

そのうち、あいかわらずＦＭのクラシック番組を聴いていた真木が、

――私がひとりでシイの木に行っちゃった時でした、といった。

サクちゃんのいった言葉は、一字まちがっていました。

真木はＦＭの番組表からミスプリントを見つけ出す名人（作曲家の名でいえば、メンデスルゾーンとか、タレルガとか）。あかりや朔のいったことについても、ひとりでよく考えて、正しく言いかえようとする人。

――「ベーコン」も「夢を見る人」のタイムマシンに乗って来た、といいましたが、「夢を

見る犬」のまちがいでした。

朔は、一本トラレタ、という表情をした。あかりは、真木がもうこだわらずに夢という言葉を使っているのが嬉《うれ》しかった。「夢を見る犬」のタイムマシン！

2

おばあちゃんの水彩画から、次の行き先を見つけ出すことを考えたのは朔。その上で、あかりのプランが話し合われることになった。あかりが選び出した絵のモデルが、面白そうだったから。
夕食のコロッケをとどけてくれたアサ叔母《おば》さんが、描かれている人物の説明をされた。
——女の子たちが西洋風の服に帽子をかぶってるでしょう？　明治の

初めのことなのよ。おばあちゃんは昔から家にある本の、写真を見て描いたんです。日本から最初の女子留学生が五人、アメリカに送られたのね。アメリカ式の服装になった記念に撮った写真だと思うわ。この白い服のいちばん小さい女の子は、満八歳になるか、ならないかです。

おばあちゃんは、この女の子のことをむめさんと呼んで、尊敬していました。留学から帰ると、日本の女子教育のもとを作った人ですからね。そんなえらい人を親しそうに呼ぶなんて、普通はおばあちゃんのやらないことでしょう？

ところが、谷間の家では、むめさんだけ特別だったんです。おばあちゃんの母親は、さくらという名前でした。むめはうめの古い書き方ね。それにちなんでつけられました。

あなたたちのひいおばあさんになるさくらさんの、お父さんは変わった人なのよ。八三郎《はちさぶろう》といって、メイスケさんほどじゃないけれど、この森のなかでは言い伝えになってる人。私たちの祖先で、東京へ行った第一号（まだ江戸のうちに行って、もう東京になってから帰って来ました）。

「逃散《ちょうさん》」から幾年かたって「一揆《いっき》」が起こった時、私たちの家は、村役人《むらやくにん》といって、「一揆」を取りしまる側だったんです。ところが八三郎さんはメイスケさんの腹心《ふくしん》で（いちばん頼りになる部下ね）、一緒に「一揆」を成功させました。慶応《けいおう》三年の初めに起こった騒動《そうどう》です。

指導者たちは藩《はん》から目をつけられていたから、メイスケさんと八三郎さんはいったん村から逃げだしました。ところが途中で別れて、メイスケさんは谷間に帰って来た。八三郎さんは江戸へ出て行ったんです。そしてリンゴやブドウ、また「西洋野菜」といわれたものを作る農場に入って働きました。アスパラガスまで作ったのよ。

むめさんのお父さんが、東京に開かれた農場。江戸から東京になって、それまで江戸に来ていた侍《さむらい》たちが地方に帰りますからね、東京には土地が空いてたんです。

八三郎さんは、農場に遊びに来るむめさんのお相手をしたこともありました。その子がアメリカに留学したんだから、それは印象が強かったでしょう。森のなかに戻って農場を開いてから、生まれた娘にさくらという名をつけたんです。

希望もかけたんでしょうけど、さくらさんは留学することにはならなかった。むめさんが作った女子英学塾にも入りませんでした。ひとり娘でしたからね、おむこさんをもらって谷間の家を継いだんです。

それでも、八三郎さんとお母さん、おむこさん、さくらさんの四人で、果物や「西洋野菜」を作って、神戸のホテルに出荷してたのよ。

さくらさんは、自分の子供には高い教育を受けさせようと思いました。むめさんのように。けれどもね、ふたりの子供のうち、男の子ひとりしか、都会へ送り出すことはできなかった。リンゴやブドウはうまく実らなかったし、「西洋野菜」を食べる人は少なくて、生活が苦しかったんです。

男の子は、海軍兵学校を出たんですけれど、卒業航海のマルタ島で発病した結核で亡くなりました。女の子は、お兄さんの親友と結婚して、やはり谷間で暮らしました。あなたたちの、おばあちゃんね。

3

そしておばあちゃんが、やっとあなたたちのパパを大学に行かせたんです。ところが、妹の私は、経済的に余裕《よゆう》もなかったんですけど、あの広島から来た女の子に、看護婦になると約束してました。心のなかでのことですけど……

百年以上も前に、私たちの先祖が、むめさんのように留学する女の子を夢みて以来、アーちゃん、あなたが初めて、その夢を実現できる人なんだわ。

4

子供の時、アサ叔母さんと父とは、むめさんがアメリカから家族に書いた手紙をおばあちゃんに教わった。

はじめは日本語で、しばらくたってからは英語で書かれた手紙。むめさんのお父さんは英語ができたから。

アサ叔母さんには、明治になってすぐの手紙の日本語と、一八〇〇年代のアメリカで使われていた英語が（同じ「時間」の、ふたつの「場所」での言葉が）、ひとりの少女に使い分けられているのが面白かった。

――どうしてこんなに別べつの手紙が書けたんだろう？

《私事もきげんよくおり候《そうろう》まゝ《ま》、御あんしん被下度《くだされたく》ねがい上参《あげまい》らせ候。せんだつて申上候とうり、皆々様と御いつしよにワシントンにおり参らせ候。

おりやうさんよりもおへんじさし上ぐはずに候へど、めよろしからずけいこもやすみおり候まゝおへんじさし上げかね参らせ候とお申しなされ候まゝ、私より申上参らせ候》

《My dear Father,

I am glad I have a very nice teacher. Her name is Miss Sarah F. Lagler. I am very sorry to leave her, for she teaches me to write letter. I am glad I have learned to write.》

戦争中で、英語なんか使ってたら大変なのよ。ほかの子供たちのいないところで、この手紙を読みあげては遊んだの。だから覚えてるんです。

朔は、この話に興味を示した。

――むめさんのことを書いた本は、いまもアサ叔母さんが持ってられますか？　お借りして、ほかの英語の文章もコピーに取りたいと思います。

まずアーちゃんにむめさんのことをまとめてもらって、ぼくはどんな英語を使ってたか調べたいので……「いちおう」手紙は話し言葉とは別ですけど、もし、さっきのような日本語で話されたら、びびってしまいます。ところが英語の方だと、ぼくらにも話せる感じですからね。

——私は、英語が得意です、とテレビの英会話をよく見る真木も、乗り気になった。

しだいにあかりも、日本からアメリカへ留学した最初の女の子に会いに行く案に積極的になった。「ベーコン」がいない所へ行くとしても、真木には英語を使う楽しみがあるわけだし……

5

その午後と翌日の午前、「森の家」には真木がかけるCDの音楽だけ静かに聞こえていた。それぞれの寝室にいた間も居間に出て来てからも、あかりと朔は本とコピーに夢中だったから。

昼食にムー小父《おじ》さんから届けてもらったピザを食べながら、あかりは読むことのできた少女のむめさんのアメリカ生活を話題にした。

——私はね、サクちゃん、八歳のむめさんから目の病気になる十五歳のおりやうさんまで、五人のチームが面白い。横浜から船に乗って出発する時は、「稚児《ちご》まげに振袖《ふりそで》」でしょう？

サンフランシスコに着いても、それがめずらしがられるものだから、世話をしてくれる人が洋服を買いに連れて行かない……

みんなで日本使節団のえらい人に話して、シカゴに着いてからやっと、お帽子と洋服を買ってもらうのね。百年も前の日本の女の子は、もっと引っこみ思案かと思ってた……

――「逃散」の女の子たちもおとなしかったけど、年上の娘さんたちになるとさ、アーちゃんの仕事を引き継いでくれたからね。

――小さい子は、役に立つ石笛をくれました、と真木もいった。

――そうなのね、いざとなるとやる人たちなんだわ、とあかりは認めるほかなかった。

――そうしていざとなって、自分の考えをいおうとすると、英語の方がよかったんだ。むめさんが、英語で話したり書いたりしはじめたのは、本当にすごいことだねえ！　むめさんが書いた作文でわかるよ。

あかりは問い返した。

――でもね、サクちゃん、どうして英語でなくちゃいけないの？

朔は、にらむような目になって考えていた。それから朔は自分のいったことをおぎなって、もっと正確につたえようとした。

――パパがさ、東京の家の居間のソファに寝そべって、いまの日本人には関係のないような本を読んでるでしょう？　そして、面白いなあ！　と大声でいうんだ。

ほかにはだれもいなかった時に、どんな内容？　とおつきあいに聞いてみたらさ、書かれてる内容より、書き方が面白いって……つまり、「言葉」が新しいんだ、というのね。

そして、「新しい人」は、「新しい言葉」から作られる、と格言みたいなこともいった。

いま、むめさんの手紙とか、感想文を読むとさ、こんな内容は、明治の初めの古い日本語で書いてたんじゃ思いつけない、と感じるよ。

——それじゃ、この時代に日本語で考えたり書いたりしてた人より、英語の世界の人たちがすぐれてたわけ？

朔は、もう一度、にらむ目になってから、

——……むめさんは、英語で話したり書いたりしてるうちにね、当時の日本にいた女の人より……もしかしたら男の人よりも「新しい人」になったんじゃない？

そして自分のやり方で、日本の女性を教育しようとしたんだ。そのためには英語も教えるし、日本語も「新しい言葉」にしていって。

自分だけ「新しい人」でも仕方ないからね。

6

あかりには、朔のいったことが面白かったけれど、難《むずか》しくもあった。それでも、八歳でア

メリカに渡ってから十年の間、「新しい言葉」で話したり（聞いたり）、書いたり（読んだり）して、むめさんが「新しい人」になったというのはそのとおりのはず、と思った。

――むめさんは、ホテルで黒人のボーイを怖がったのね。劇場で黒人の合唱団を見ると、この世界の生きものか、とおびえたともいうし……

――あれはね、むめさんが英語で書いた文章だと、the negro minstrel だからさ、白人が黒人のメーキャップでやる見世物じゃない？

――それでも、黒人らしい様子が怖かったのは事実でしょう？　とあかりはいった。

それが何年かすると、お世話になってる家の黒人の使用人夫婦とよく話して、心から尊敬されてた。そう書いてあるところを読んで、好きだったの。

――「いちおう」どころじゃない「新しい人」になってたんだ、と朔はもうにらまないでいった。

真木が、おばあちゃんの水彩画から、黒人の老夫婦と話しているむめさんの絵を出して来た。「ランメン家の庭で、家僕夫婦と話すむめさん」。

そこで、百三年前のアメリカの、どこへ行くかがきまった。

7

「三人組」は、とっくにシイの木のうろで横になっていたが、眠るどころじゃなかった。むめさんと会うことができたら、なにを話そう？　それは、もう三日間も相談して来た。朔が英語にして、あかりが清書したカードを、三人が持っている。

なかでもはっきりしているのが、真木の質問。

――むめさんは、どんな曲を弾《ひ》きますか？

むめさんはアメリカでピアノを習ったと、あかりが本で見つけたことを真木に話したのだ。

真木はいま、ＦＭを聴くかわりに、小さな声でカードを読みあげている。いつもはポータブルラジオを置く枕《まくら》もとの台に、ムー小父さんが焼いてくれたピザの入ったバスケットが置かれて、真木の腕くびと紐《ひも》でつながっている。

あかりの質問は、「勇気」について。

――あなたは、日本からアメリカに留学した、いちばん最初の、いちばん小さい女の子です。むめさん、その「勇気」はどのようにしてできたのですか？

そして朔の質問は、これから文科系に（humanities と訳していた）進みますか、理科系に

（こちらは、science）進みますか？

それが弟にとって大切な問題であることは、あかりにもわかった。朔は、理科系のコースに行こう、ときめている。ところが、家に来る大人たちのだれもが、朔は文科系に進むものと思っている。朔の答えを聞いてから、文科系にしなさい、と忠告する人もいるほどだ。

――きみのパパは作家だし、ママの側のおじいさんは、映画監督だけれどさ、すばらしいエッセイを書いた人だよ。

生物をやりたい朔は、父や祖父と別の方向に行って、なぜいけない？　と反撥《はんぱつ》する。それでいて、自分に理科系の能力があるかどうか、心配にもなる様子。

むめさんは、アメリカに来てから詩や小説をよく読んでいたが、女学校では数学に力をいれ、大学では生物学を選んだ。そのことを知って、朔はこうたずねようと思い立っている。

――もし、理科系に進まれるとしたら、どういう理由からですか？

8

ところがシイの木のうろであらためて考えるうち、朔には新しい心配がわく様子。

――もしさ、これから会うむめさんがまだ進路をきめていないとしたら、ぼくの質問は「むいみ」だね。

そう朔がいった時、あかりにはその気持ちがよくわかった。

——それよりも、むめさんがさ、なぜ私が理科系に行くの？　と聞きかえしたらどうしよう、と思ってね。ぼくはむめさんの将来を知ってるわけだけど、そうはいえないから。

むめさんは、相手のいうことになっとくできないと、問いつめて来るタイプのようなんだ。“It is not right.”というのが、好きな言葉らしいよ。

大体ね、日本人の子供が三人、どうやってここに来たと質問されたらね、ウソはいえないでしょう？　しかし、本当のことをいっても“It is not right.”といわれるだろうしさ。

9

ランプを消してからも眠ることができず、あかりは考えていた。

むめさんは、朔に問いかけるよりも、まず同じ女の子の私に目をつけるのじゃないか？「三人組」が百三年前のアメリカの（当時の呼び方では、ワシントン府外）、ジョージタウンのランメン家に到着する時、小柄できびきびしたむめさんは、庭の桜の木に登っている（アメリカで桜はめずらしいのじゃない？　本を読んでいて、あかりがたずねると、実が食べられるんだからセイヨウミザクラだろう、と朔はいった）。

枝に腰をかけてサクランボを食べている。私たちが黙って見上げると、浅黒い顔のむめさんが、唇をとがらせて種をプッ、プッ吹きつけてくる……

そんなふうだったらいい、とあわれな希望をかけながら、あかりは眠った。

10

ピザと（念のための）ベーコンの入ったバスケットを提《さ》げている真木の両脇に、朔とあかりは立っていた。すぐ右側に、青いペンキを塗った木造家屋があった。あかりたちは、少し離れた、花壇と野菜畑の間の小道に立っているのだ。左前方に、草の生えた裏庭をへだてて、煉瓦《れんが》作りの、背の高い家が建っていた。その向こうにある公道への出口に、エンジュの木が見えた。青あおと茂った葉のなかに、白い花のふさが揺れている……

「三人組」がそのまま立っていたのは、建物一階のこちら端《はし》の部屋から、ピアノの音が聞こえていたからだ。

しばらく耳をすました後、あかりは真木に向けて背伸びをしてささやいた。

――「乙女の祈り」ね、アサ叔母さんのお家の古いオルゴールの曲にあったよ。

――バダジェフスカの作曲です、女の作曲家は、めずらしいものだなあ、と真木は答えた。

――その人、この時代のアメリカにいたの？　いま一八八一年だよ、と朔がいった。

――一八三四年、ポーランドに生まれました。十八歳の時の作曲です。

真木は、余裕たっぷりそういってから、うってかわって、素早く頭を突き出すと、エンジュの木の下に動いたものを見さだめようとした。そして、

――「ベーコン」！　と大声をあげた。

犬は柴犬とは似ても似つかぬ、毛のふさふさした大型の犬で、当然、真木の呼びかけに動かなかった。

ピアノの音がやんでいた。すぐ身近なところにも変化が起こった。小さな家のドアが開いて、白く塗ったベランダに出て来たふたりの黒人が、そのまま立ちどまってこちらを見ていた。

あらいチェックの長そでのシャツに、胸まである黒いズボンを肩からつった大男。そして胸と袖に白いレースのかざりのついた、青い服の太った女。

その黒人の女の人が、真っ白の歯と白目《しろめ》をむきだして、両手を口にあてた……

あかりは胸がつまるようだった。私たちが、あの人をこんなに怖がらせている……

——真木さん、あの言葉をいって！　とあかりは、女の人の叫び声が響く前に頼んだ。早く！

「三人組」のからだがゆらりと浮かび上がるなかで、あかりは開かれている窓の向こうの薄暗がりに、小柄な女の子がたたずんでいるのを見た……

11

「森の家」への道をくだりながら、

——これでは何をしに行ったのかわからない、と朔がぶつくさいった。

——私はバスケットを置いて来ました。

——そうだねえ、真木さん、いまごろベランダで、三人がピザを食べて、犬にはベーコンをやってるかも知れない、とあかりはいった。

むめさんは、あの黒人夫婦に、神様のいられる天上のことを話してあげてるそうだから……

そこからの贈り物だ、と思ったのじゃないかしら……

あかりは、真木との話がこんぐらからないように、もうひとつ気づいていたことを黙っていた。むめさんの仲間のひとりが世話をしてもらっている家の、むめさんも一緒に遊ぶことのあった少女が、やがて日本に来て、大人になったむめさんの仕事に協力してくれる……

その人の名前が、ミス・ベーコン。それは「三人組」にとって、やはり面白い不思議なこと、とあかりは思っていたのだ。

12章　メイスケさんからの呼びかけ

1

両親が外国に行って子供たちだけで暮らす期間、「家としての日記」をつける役をあかりが引き受けてきた。

食事のメニュー、来客と郵便物、外出、買い物のリスト。大きい白いカレンダーに、鉛筆で、メモのように書き込むやり方。もうひとつ、大切な項目《こうもく》として、「真木《まき》さんの発作」がある。

十三歳の夏、てんかんの最初の発作があってから、真木はずっと三種類の薬をのんできた。二週間に一度、病院でもらった処方箋《しょほうせん》で手に入れる粉薬や錠剤を、小さなビニール袋に仕分けして、日付そして朝、昼、夜のしるしを書きつける。それも、あかりと真木の仕事。

真木の発作は、脇で見ていると長く感じるけれど、十何秒から一分とちょっと意識がなくなるものだ。顔が赤らんで汗をかいている。そのあと、しばらく目が見えないようだし、歩くことのできない時間が続く。苦しそうだが、真木は発作の間のことをなにもいわないので、どのように苦しいのかはわからない。

散歩している時や電車に乗っている時、発作になると、両親かあかりかが真木を抱きとめている。発作の後、下痢《げり》をすることがあるので、注意しなくてはならない。

電車のなかで立っていて発作が起こると、座席をゆずってくれようとする人がいるけれど、発作の後すぐには腰を曲げることができないから、申し出を受けられない。あかりとふたりだけで電車に乗っていて、真木のからだを抱きとめグラグラしているあかりに、

――あなた、ダメよ、人さまのご親切は受けなければ！　としかるようにいう人もいた。

「森の家」へ来て四週目に入った日、「真木さんの発作」のしるしを数えてみると、五個しかなかった。健康状態がいいんだ、とあかりは喜んで、留守を守っている「三人組」全体を誇らしく感じた。

2

やはりカレンダーを見ると、「森の家」に来てから冒険の連続だと思っていたのに、なにも起こらない静かな日の方がずっと多かった。

そのような日には、朔《さく》は自分の勉強をしているし、あかりは宿題に加えて食事の準備もしな

くてはならない。そこで真木がひとりで散歩して来ることもあるようになった。

それが真木にできるのは、ムー小父《おじ》さんが、仲間の手伝いで散歩コースを整備してくれたからだ。

「森の家」から、カシ木立のなかの道を通って、林道まで上がって行く。車がやって来ないかをよく確かめて横切り（そのために、真木には目よりも耳が役に立つ）、古くからの山道に入って行く。しばらく歩くと、林道補修用の砂利《じゃり》をとる場所に来る。

真木はそこまで二十分で歩き、用地を区切る柵《さく》に腰をおろして五分間休む。くだりの帰り道は十五分で歩くことができる。

出発して四十分たってもカシ木立の間に戻って来なければ、朔が跳《と》び出《だ》して行く。これまで、それが必要だったことは一度もなかった。

ところが、ちょうどあかりがカレンダーを調べた日の午後、時間になっても真木が姿を現さない。朔が駆け上がって行き、あかりも歩いて後に続いた。あかりは林道を渡ったところで、真木が持っている一枚の布切れを朔がのぞきこみ、ふたりで見ながら降りて来るのに出会った。

――メイスケさんの「手紙」らしいよ、と昂奮《こうふん》した朔がつたえた。

――「ベーコン」がくわえて来ました、と真木はいった。

――「ベーコン」が来てたの！　どうして？

――「夢を見る犬」のタイムマシンがありますからね、と真木は答えたが、あまり元気がなかった。

――「ベーコン」は、また道を上がって行ったたって……「千年スダジイ」の方へ、と朔がいった。

あかりは真木の側に移って頭を突き出し、長方形の布切れに墨《すみ》で書いてあるマークを見た。

小〇

――「一揆《いっき》」の旗印だよ、「こまる」と読むんだ、と朔が説明した。

3

あかりもその旗印のことは覚えていた。「森の家」に帰るとすぐに、おばあちゃんの水彩画の箱から「一揆」の絵を取り出して見た。深ぶかした色の川がカーヴをえがく川原に、大勢の農民たちが集まっていた。豆つぶのように小さい頭の男たちが、みんな片手に 小〇 の旗をかかげている。

――ここへ「三人組」が行っても、役に立たないしなあ、と朔も元気をなくしてゆくようだ。

――私は、人ごみが得意じゃありません、と真木はいっていた。

あかりにも気がかりなことがあった。「ベーコン」のくわえて来た「手紙」が、アサ叔母《おば》さんに用意してもらって「救護所《きゅうごしょ》」で傷を洗った布じゃないかと感じたのだ。「逃散《ちょうさん》」から

「一揆」まで、あの時の布が使われてきたのだとすると、タイムマシンの約束に違反したのじゃないだろうか？　布には、化学繊維《かがくせんい》がふくまれているかも知れないし……

――それでも、という言葉を飲みこむようにして、あかりは続けた。

メイスケさんが「ベーコン」を使いによこして、「こまる」といってるんでしょう？　「三人組」がほっておくことはできないよ。

　あかりは、むめさんの出て来る絵をそろえた時、もう一枚、森と谷間の風景の出て来ない絵があったのを思い出した。探してみると、剣道の道場めいた場所に、着物の男がひとり座っている……

　暗い屋内だし、手前にはがんじょうな木の格子があって、その向こうに男は座っているのだから、こまかなところのよくわからない絵だった。ところが、この間見た時は気がつかなかったのだが、男の人の左胸に 小◯ の布切れが縫いつけてあるのがわかった。
　――「一揆」の後で、藩《はん》の牢屋《ろうや》に入れられたメイスケさんだわ。左のはしの格子の陰になったところに、鉛筆で書いてあるでしょう？

「慶応《けいおう》三年、メイスケさん獄中図」。

――人ごみじゃありませんからね、私は行こうと思います、と朔に真木はいった。

4

「三人組」は、大きい屋根を支えている黒ぐろとした梁《はり》の真下に、やはり黒光りしている板の廊下に立っていた。左側は土間だが、右側は二十五センチもある直方体の木格子が高くまで組み合わされて、壁につながっている牢屋。その広いなかにただひとり、黒ずんで見える顔をあげて、こちらを見ている男の人がいた。

立ち上がると格子の脇まで近づいて、はっきり真木に目を向け、

――やっぱり、あんたのところまで行ったのやな、犬が！　とメイスケさんの声でいった。

メイスケさんと「三人組」は、格子をなかにして向かい合った。薄いひげを口のまわりに生やしたメイスケさんは、テレビで見る侍《さむらい》の髪形《かみがた》の、頭の真ん中にも毛がのびていた……

その血色の悪い、小さくなったような顔に、懐かしいいたずら小僧の微笑が浮かんできた。

――奥の格子窓からな、わしらの在所《ざいしょ》へ行く街道が見えるのや。桜並木の茂っとるなかに、ずっと犬が立っておるのでな。ためしに、犬！　と呼んだらば、お堀を泳ぎ渡って来たよ。わしらは若侍《わかざむらい》らと話す時、お城まで犬を連れて来ておったものや。

それでわしらは思いついた……犬を使いに出そうと。わしらの「一揆」の仲間にな。それから犬を「ベーコン」というておった、あんたらにもな！

5

——「ベーコン」が、旗を持って来ました、と真木はいった。

メイスケさんは、うなずいてから朔に顔を向けると、

——あんたにもろうた西洋の小刀《こがたな》を隠しておいたのでな、といった。

そして髪をしばってある（あかりが最初バンダナと思った）きれいな玉のついている布をといて、スイス製のアーミーナイフを取り出した。メイスケさんは、着物の胸から布を剝《は》がす様子をやって見せた。

あかりは、

……あ、タイムマシンの約束はどうしたの？　と弟の顔を見た。

朔は無邪気なほど嬉《うれ》しそうに、

——立派な、広い牢屋ですねえ！　とまでいっていた。

——広うてもなんにもならんけども。まあ、わしらひとりで使うとるわけで……

あんたらの来た「逃散」の年にな、長州征討《ちょうしゅうせいとう》という戦《いくさ》があったのや。藩の年をとった人ら

は幕府のいうなりやったけども、攻められる長州の側ではなにをやるつもりかと、知りたがる人もおってな。

わしらは、その人らが山越えして話を聞きに行く案内をしたのや。それで若侍らと知りおうとったのやが、「一揆」になってみると、藩との戦《いくさ》やから……今度はわしらがつかまえられて、ここにおるのや。

6

それからメイスケさんは、あかりに話しかけた。

——岩鼻で初めてあんたらに会うた時、メイスケさんといわれたけども……あれは、なんで知っとったのやろう？

——あなたがメイスケさんだということは、祖母の絵を見てたので、わかりました。メイスケさんがどんな働きをされたか、いろんな言い伝えがあります。

祖母は、あなたのいわれた在所で……森のなかの谷間で育ちました。友達と遊ぶ時、いつもメイスケさんの絵を描《か》いてたそうです。

――メイスケさんは、藩の力のおよばないところに脱出して、一緒にいた仲間は江戸へ向かったのに、なぜ「一揆」を起こしたか、正しくつたわってないと知って、帰って来たんですね、と朔がいった。

そして城下町の人が集まるところに立って、「人間は三千年に一度さくウドンゲなり！」と演説しました。

私の父も、子供の時、人間は不思議な、大事なもの、という意味だと聞いて、その言葉を叫んで遊んだそうです。

メイスケさんは顔をクシャクシャにして笑った。

――そのウドンゲが、こうして牢屋で暮らしておるのや。病気になってしもうたしな。

朔が思い切ったようにたずねた。

――あなたの仲間から、犬の持って行った手紙に返事は来ましたか？

――わしらを見張るのが仕事の、若侍らと話をしてな。仲間がわしらに会いに来るのを、見て見ぬふりをするという取り決めになったらしい。

いまさっき、あんたらが来た時、仲間が来たのかと思うたよ。明日やったはずやのに、どうしたのやろう、と……

――「一揆」の仲間は、あなたをここから連れ出そうとしてるんでしょう？　しばらく隠れていたら、新しい時代になって、活躍できるから！

メイスケさんはもう笑顔ではなかった。それでも朔のいったことをいやだと思っているのじゃないのが、あかりにはわかる気がした。

メイスケさんは深ぶかと息をついて、ものやわらかに、しかしねばり強く話した。

——あんたらがわしらのことを言い伝えにして、話をしたり絵に描いたりしておるのは、新しい世の中で活躍するメイスケのことやろうか？

朔は答えることができず、くやしそうに顔を固くしていた。

——……ともかく、あんたらにな、もう一ぺん、ここへ来てほしいのや。「逃散」の時、いったん向こう側へ戻ってから、一日たってまた来てくれたやろう？

明日のいまごろにはな、仲間が来とると思うのやよ。わしらはな、その連中《れんちゅう》にあんたらを見せたいと思うのや。

7

真木とあかりは、黙ったままの朔のかわりに、一日たってもう一度来ることをしっかり約束した。メイスケさんは、考えこんでいる朔にはこだわらず、あかりにもうひとつの話を持ち出した。

――わしらもな、「千年スダジイ」からの旅に出られるのは子供だけやと、言い伝えで聞いとるのや。あんたら三人が子供らだけなのは、そのためやろう？

――父と母は、私らが森のなかに来てる間、アメリカに行っています、とあかりはいった。

――あんたらの時代では、親と子供がそれほど離れておって、心配はないのやろうか？

――父はアメリカの大学に仕事があります。でも、それだけなら母は私たちと一緒に残ります……父は、なんというか、いま……

――パパはピンチですからね、と真木がいった。

黙って聞いていた朔が、そこでピンチという言葉の説明をした。いま確かに父は調子が悪い、つまりピンチ。しかし、病気ではないと思う。いまの状態が病気にまで進めば、どんな仕事であれ、それを続けることはできないし、外国に出かけたりは決してできないということだから……

――それでも、とても気がめいっているんです。父のピンチがもっとひどくなると、病院に入らねばならなくなります。父はそうしたくないんだと思います。

これまでもピンチはあったんですが、父は立ち直ってきました。今度は、いつもより強い感じなので、友達の、心の学者のいる大学に行きました。

あかりは、朔の言葉がメイスケさんにつうじているか、不安だった。それでいて、朔がメイスケさんにう、っ、た、え、か、け、る、ように話すのを聞いていると、いま朔は「三人組」のために必要なことをしている、と感じた。「森の家」に来て、アサ叔母さんとムー小父さんに、あれだけ親《しん》身《み》に世話をしてもらいながら、それは打ち明けることのできなかった秘密なのだ。母から話がとどいていることは、あるとしても……

朔が話し終えると、それまでも板敷の上にひざをそろえて座っていたメイスケさんは、痩《や》せて薄い背中を角ばらせるようにして、深くおじぎをした。

そして、

——あんたらも苦しいことがある世の中に生きておるのやな、といった。

……そろそろ見廻《みまわ》りの若侍が来るはずやから。今日は帰ってもろうて、明日また、来てくださいや。

それまで、とても神妙《しんみょう》にしていた真木が、あかりと朔に、両親のかわりのように頼りがいのある両腕をまわしてくれた。真木は、暗くなった格子の向こうの、光っているメイスケさんの目にうなずきかえしもした。

そしてあかりと朔は、いつもの言葉を聞いた。

8

シイの木のうろで目をさますと湿ったキノコの匂《にお》いが強かった。気温も低く、真木の大きいからだの熱のパイプがあっても、首のまわりが冷えびえした。雨の音にかこまれていた。あかりたちは、うろに置いておいた傘をさして、晴れた日より生き生きした緑の林の道をくだった。

「三人組」はシイの木のうろで夜をすごすのに慣れてきていた。いまは新《あら》たやカッチャンと親しく、中学生たちにいたずらをされるおそれはなかった。ムー小父さんも、テントこそそのままだが、もう寝とまりはしていない。

それでも念のために、うろの扉には内側からかかる錠《じょう》をつけてくれていた。

林道を横切るところで、朔が空を見上げた。オリエンテーリング部で大会前の天候チェックが係の人らしく、

——今夜はあらしになると思うよ、といった。

しかし、「三人組」は行くんだ。

——私が約束しましたからね、と真木も力をこめていっていた。

あかりは、ずっと気になっている質問をした。

——メイスケさんと話すのを聞いていて思ったんだけど、もうサクちゃんはタイムマシンの約束を守ることやめたの？

朔は黙って歩いていた。昨日、メイスケさんに問いかけられて、答えない時があったように。

あかりは、突っかかる言い方になった。

——あの約束を教えてくれたのは、サクちゃんですけど。

——……メイスケさんと話してから、考えてたんだよ。

「三人組」の最初の冒険の時、ぼくがいったのは、過去の世界に行ってさ、将来、世界をひどくするやつが今は無力でいるのを見つけたとして……その始末《しまつ》をしてはいけない、という約束ね。ちょうど、このあたりを上がって来る時にそういって、真木さんを怒らせたろう？

真木は雨に濡《ぬ》れてすべる地面に注意しながら、この間自分が叩《たた》いた草の茂みを見ていた。

——いま考えてるのはね、それとは別。過去の世界でさ、ある人が、ひとつのことをする・しないの、分れ道があったとするでしょう？　それから時間がたって、現在の人間は言い伝えに聞いてるわけね、その人がどの道を選んだか。

それが古文書《こもんじょ》とかに記録してあるならば、歴史上の事実だね。しかし、昔からの言い伝えは、そのように人が話してきた、ということでしょう？　もっとよく探せば、別の道を選んだという話だって伝わってるんじゃないか……

いらいらして、あかりは話をさえぎった。

——「夢を見る人」のタイムマシンでもう一度出かけて、サクちゃんはメイスケさんや仲間たちと、なにをするつもりなの？

——ぼくには、その能力がないから、と朔は答えた。

安心したような、ものたりないような気持ちで黙りこむあかりに、朔は言いたしていた。

——それでも、アーミーナイフよりいくらか大きい道具をさ、持って行くことはできると思うよ……かれらが使った後、持って帰ります。

——メイスケさんたちが、なにをするための道具？

——脱獄《だつごく》、でしょうか？　と真木がいった。

あかりだけじゃなく、朔もびっくりしていた。あかりは傘を高くして真木の濡れている腕に自分の肩を押しつけると、

——どうしてそんな言葉知ってるの？　とたずねた。

真木は黙っていた。あかりは、あせって続けた。

——そんなことメイスケさんにさせないと思うよ、サクちゃんは……

「三人組」はカシの木立に入っていた。真木は傘をかつぐようにすると、あかりをさけて、朔の側にまわった。

朔は真木と並んで歩きながら、あかりにこういった。

——ぼくがさ、自分の聞いてる言い伝えとはちがったことを起こそうとしても、歴

史の事実をひっくりかえすことはできないよ。

その声が悲しんでいる子供のかすれ声そのものなのに、もう一度あかりはびっくりした。

9

朔は沈みこんでいたが、それでも午後になるとじっとしていなかった。朝がたにいったとおり激しい吹き降りになったなかを、朔は雨具に身をかためて、ムー小父さんの小屋に行った。今夜もシイの木のうろに入る、と報告したのだ。あらしが激しくなった夜中にムー小父さんが「森の家」を見まわり、「三人組」がいないことで一騒ぎあったら、と気にかけて。

ムー小父さんはあらしが過ぎてから「夢を見る人」のタイムマシンに乗るようすすめた。しかし、朔が態度をかためているのを見ると、今夜行かなければならない理由は聞かないで、「三人組」のプランを受けいれてくれた。

それもシイの木のうろとテントの様子を調べた上で、今夜は自分もつきあうという。もう雨風は激しくなっていたから大仕事だが、ムー小父さんも仕事仲間も、骨おしみしない人たちなのだ。

さらに朔は、ムー小父さんからノコやヤットコ、ノミその他、大工仕事の道具箱を借りた。玄関にみんなの雨具を準備していたあかりは、ロープで肩から提《さ》げられるようにした木箱を朔が置くのを見た。

――脱獄！　とあかりは胸のなかでいった。

それからひとりで考えもした。朔がそういったのだから、メイスケさんの仲間と協力してこれからやることも、歴史の事実をひっくりかえすまでのことではないはず。脱獄がやりとげられたとして、それは忘れられていた言い伝えが思い出される、というほどのことだ……

あかりは、真木がどうして脱獄という言葉を知っているか聞き出そうともした。しかし真木は、東京から水泳道具をいれて来た袋に石笛をまとめ、朔の木箱のそばに置きに来ていながら、あかりと目を合わせようとはしないのだった。

10

風が強くて傘をさせないので、「三人組」は自分たちのレインコートと防水帽の上にムー小父さんの仕事仲間の雨合羽《あまがっぱ》をかぶった。ムー小父さんが軽自動車で林道の奥まで運んでくれたが、そこからはみんなズブ濡れになって、シイの木のうろに着いたのだ。

朔が着がえをする横で、あかりも真木のズボンから下着まで取りかえた。それからあかりは、うろのなかに掛けめぐらした濡れた衣類をカーテンがわりに、乾いたシャツ、サマーセーターにチノパンツをはいた。

軽自動車をいったん車庫に戻して来たムー小父さんは、うろのすみの雨水がつたわっているところに大きいバケツをふたつ据えてくれた。

今夜は、もしなにかあった場合、様子を見に来るから鍵《かぎ》はかけないように。ムー小父さんがそういうと、鍵の保管係の真木が、しっかりうなずいた。

濡れたクマのようなムー小父さんはひとりテントに戻って行った。

ランプを消すと、真っ暗ななかで森全体が鳴りどよめくようだった。雨風の音に、折れた枝が落ちて来る音も続いた。あかりは、真木の手を握っている朔の手の上に、自分の手を重ねた。

11

「三人組」は、雨をはらんだ風が板戸に吹きつける音のなかに立っていた。暗がりの中ながら、そこが牢屋の木格子を前にした広い廊下であることはわかった。

土間の側の羽目板の高いところに丈夫な桟《さん》の障子窓があって、昨日はそこから光がとどいていた。いまは雨戸が閉ざされて、雨風の音が入るだけ。

目がなれてくると、廊下の奥のすみが木格子の側から明るんでいる。

——あちらへ行ってみよう。

肩から大工道具の木箱を提げている朔が、そういって、歩き出した。石笛の袋を持った真木と並んで、あかりはついて行った。

——母様《かかさま》、あんどんを前へ押してくださいや、わしらの話しておった「童子《どうじ》」らが着いたようやから。

メイスケさんの声がした。しかし、雨風の音にまぎれるほど、弱よわしくしゃがれていた。

木の枠に紙を張って灯をともした、背の高いスタンドが木格子に向けて動くのが見えた。

メイスケさんは、薄い布団《ふとん》に横になっていた。からだ自体も薄くなった感じで、食パン形の木の枕《まくら》にのせた頭を「三人組」の方へ持ち上げようとしていた。あんどんを置いたメイスケさんの枕もとに、着物の女の人が、木のたると手ぬぐいをのせたおぼんを脇に座っていた。

「三人組」は廊下にさしている明かりの半円形のなかに首を伸ばして並んだ。そうすればメイスケさんの顔を見ることも、こちらの顔を見せることもできた。

メイスケさんは、あお向きなので鼻がとんがって見える顔で、のろのろ話した。

——血を吐いてしもうたのや。仲間が来たので張り切りすぎて……それも、あんたらが来る前に……わしらの手順をきめておこうとしたからやが……

これではどうもならんから……やろうとしたことはあきらめて……仲間に母様を馬に乗せて来てもろうた。あんたらを、母様にゆっくり見てもらおうと思うて……

あかりは、朔がひざの前に置いていた大工道具の木箱を、からだのうしろへ引きさげるのを見た。真木も、石笛の袋を同じようにしていた。

12

——吹き降りで、難儀《なんぎ》なことでしたろうが！　と、ゆったりした着物に黒ぐろした髪を高く結《ゆ》ったメイスケさんの母親が、ねぎらってくれた。

嬢《じょう》ちゃんや、濡れませなんだかなあ？

——ありがとうございます、だれも濡れていません、とあかりはいった。

なにを見ても驚きそうにない穏やかな声の女の人に、自分の着ている未来の女の子の服があんどんの光に照らされるようにした。

——……私らが村を出るおりは、雷がひどうございましたよ、とメイスケさんの母親はいった。

「千年スダジイ」がやられて燃え上がるのが、峠《とうげ》から見えました。大政奉還《たいせいほうかん》やらいうておるので、天変地異《てんぺんちい》となるのやと、馬をひいてくれた人がいいましたが。

——シイの木が折れたんですね？　と朔が熱心に確かめた。

——雷がふたつに裂いて、片方を燃え上がらせたそうです。

——残った方が折れるのは、この国にもっと大きい異変が起こる時やないか？

メイスケさんはそういって、熱っぽい目で朔を見た。

「千年スダジイ」のうろのある幹まで消えてしまうのは、どういうことが起こる時やろう？
あかりは、朔の目とメイスケさんの目が反射しあうように、それぞれらんらんと光るのを見た。

13

雨風の音が激しくなり、みんな黙ってそれを聞いていた。メイスケさんが、弱よわしい声ながら楽しいことを話す感じでいった。

――母様、この人らはな、ずうっと先の世の中から来た「童子」なのやよ！　大風も雨も雷も、なんにも害をようしておらんでしょう？

それでもってな、母様、わしらのことをよう知っとるのや。わしらの死んだ後に、言い伝えが残っとるのやと！　なあ、あんたら、それを母様に話しておくれ！

真木もあかりも、すぐには口を開くことができなかった。そして朔が、メイスケさんのリクエストにしっかり答えた。

横で聞きながら、あかりは弟がやはり自分より優れている、と思った。朔の話を聞くメイスケさんの母親に、いまよりずっと将来の時でも、どんなにメイスケさんが勇敢で、知恵がある人だったかと、子供たちが誇りにしているとわかるように話したから。

　ところが、「一揆」の後で城下町に戻ったメイスケさんが、街角で演説する文句になった時、朔の声は裏返った。メイスケさんは、もう一度ぐっと細い首すじをもたげて朔を見た。そして咳《せ》きこみはじめた。

——人間は三千年に一度さくウドンゲなり！　とカラスが鳴くように叫んで、朔はウーウーと泣いた。

　メイスケさんの枕からはずれた頭を母親がもとに戻してやった。真木が立ち上がって、木格子に手をかけると、メイスケさんを見舞うようにのぞきこみ、石笛の袋を母親に渡した。お返しに、メイスケさんが震える腕で差し出すものを、母親が真木に取りついだ。

——……「三人組」は帰ろうか、と真木がこれまでとはちがう、つつしみ深い声でいった。

「夢を見る人」のタイムマシンが動き始める感じのなかで、あかりは、

――これからお母さんが、あの言葉をいってあげるんだ、と思った。

「大丈夫、わたしがまた生んであげる」。

14

水のしたたる音がしていた。目をさましながら、あかりは朔の頰《ほお》から黒光りしている廊下にボトボト落ちた涙を思い出した。扉の明かりとりから、まぶしい光がはいりこんでいた。

まだ寝息をたてている真木の枕もとに、朔が永く使ってきたスイス製のアーミーナイフと、いつもベーコンを入れて行く紙包みが、ふくらんだまま置かれていた。

真木さんは「ベーコン」に会えるかも知れないと思ってたのだ……

朔はうつぶせて、大工道具の木箱に片腕をのせていた。あかりは兄も弟もかわいそうだと思った。

水の音は、いっぱいになったバケツになお落ちてくる音だった。あかりは濡れた床から靴を取って、うろの外に出て行った。雨に洗われた茂りに、夏の終わりを感じさせる日光があたっていた。シイの木の前には、濃い緑の葉をつけた枝がいちめんに落ちていた。

テントから、ムー小父さんが昨日「三人組」にかぶせてくれた雨合羽をひと抱えして出て来

ると、あかりに声をかけた。

——濡れたり、寒かったりしなかった?

——バケツはいっぱいですけど、すのこの上は大丈夫でした。

——夜のうちに何度もバケツをからにしたんだけども……うろの上に張った板に問題があるね。

……「夢を見る人」のタイムマシンの旅はどうだった?

——サクちゃんが、くわしくお話しすると思います、とあかりはいった。

ムー小父さんは、干しものをひろげると、テントに戻って行った。あかりは、ムー小父さんがバケツの始末をした時、ランプをつけたはず、と気づいた。その時、「旅行中」の私たちは布団のなかにいただろうか、それとも布団はからだったろうか?

私がもう子供でなくなってから、ムー小父さんに聞こう、とあかりは思った。

13章　中間報告

1

アサ叔母《おば》さんが、いつものようにおみやげ持参で「森の家」に昼食をとりに来た。そして、あのあらしの夜の話になった。ムー小父《おじ》さんからいくらかは事情を聞いてのことだ。

――私はあなたたちが……とくにサクちゃんが、新《あらた》やカッチャンとつきあっていることを知ってます。「夢を見る人」のタイムマシンにだけ、熱中している、とは思わないのよ。

でも、今度だけは行き過ぎじゃないかと感じたわ。

こういう時、ムー小父さんに協力してもらってまで、なぜあの夜シイの木のうろに行くことになったかを話すのは、朔《さく》の役割。

ところが、月曜の朝に帰って以来、朔はあまり口をきかないできたのだ。あかりはその理由を、向こう側に行っていた間に泣いたことを恥ずかしがっているのか（自分に腹をたてている

のか）、と思っていた。

朔が黙っているので、アサ叔母さんは別の話題に移った。じつはそれが、この日、アサ叔母さんの持って来た、本来の用件なのだった。

——あなたたちにお知らせすることですけどね、「良いこと」と「悪いこと」がふくまれてます。注意深く聞いてください。ママから国際電話でつたえてきたパパの様子と、秋からの予定のこと。

あなたたちのパパは、私には兄ですから、そう呼んで話します。兄が、昔風の言い方だとメランコリーで苦しんでいることは、私よりあなたたちの方がよく知ってますね？　いまはデプレッションとかうつ病とか呼びますけど……兄自身は病気だとは考えていないようです。

あなたたちの家庭では、ピンチといってるでしょう？　これまでも幾度か、兄はがんばって立ちなおってきたんです。このがんばってというところには、うつ病だと問題もあるようですけどね……

今度のピンチはやっかいで、兄は東京の仕事から離れて、カリフォルニア州、バークレイの大学に行きました。日本文学の研究者たちの手伝いをしながら、心理学者の友達に相談に乗ってもらってる。そう私は聞いてます。

さて、これからが「良いこと」と「悪いこと」のからみあったニュースです。

私が「良いこと」だと思うのは、兄がお友達の意見を聞き入れて、お薬をのむ決心をしたこと。

そして「悪いこと」は、その経過を見るために、兄がも少しバークレイにとどまる、ということです。

クリスマスとお正月の休暇までアメリカです。あなたたちは東京に帰っても「三人組」で暮らさねばなりません。

これが「良いこと」と「悪いこと」。私の好きな言葉でいうと、あなたたちがそれを「ポジティヴ」に受け入れてくれるようねがいます。

2

——叔母さんが「ポジティヴ」にといわれるのは、積極的にという意味でしょうけど、と無《ぶ》愛想《あいそう》に朔が応じた。

ぼくは、実際的にと受けとめるようにします。あの人たちが、向こうで決めてることですから、仕方ありません。

アサ叔母さんは、朔をじっと見て一息ついてから、続けた。

——私はあなたたちに、家まで来て国際電話をするようすすめませんでした。兄がどんな電話にも出ないと聞いてたから……

いまはお薬でいくらか元気が出て来たようだし、ファクスでなら、やりとりできると思うのよ。谷間の電気屋さんに頼んで、私の家にファクスを入れてもらうことにしました。

今日の午後いっぱい、それぞれがファクスで送る手紙を書いてください。器械がとどけばいちばんに送りましょう。

シイの木のうろでのことは、ママに話してありますからね、その「中間報告」もすればいいと思うわ。

3

あかりは「家としての日記」から報告しておきたいと思うことを写した。アサ叔母さんのいった「良いこと」が、父にとって本当に「良いこと」かどうかはわからなかったので、なにも書かなかった。

年末まで「三人組」だけで暮らさなければならない「悪いこと」については、それができると思うと書いた。（そう書きながら、「森の家」での四週間ちかくから、少しでも自信が生まれているのを感じた。）

真木《まき》は次のように書いていた。

《お薬は、のむ日づけ（朝、昼、夜）を書いておくと便利ですよ。

「ちょうさんの女のお子さん、石笛くれた」。集めると、ニ短調の曲が吹ける音階でした。

石笛は、全部返しました。わたしはもうたたかいませんからね。

メイスケさんは病気です。自分でナイフを返すこともできませんでしたよ。》

朔は「三人組」のまとめとして、しかしなにより自分のことを書いていた。

《メイスケさんの「逃散《ちょうさん》」での活躍を、ぼくはそばで見ていました。しかし、ぼくがいなければメイスケさんにできなかったことがある、というのじゃありません。

牢屋《ろうや》にいれられたメイスケさんの役に立ちたかったのですが、実際にはなにもできませんでした。

アーちゃんは、ぼくが牢屋の前で泣いた、と「家としての日記」に書いています。あれはどういうことだったか、考えてみました。

a　メイスケさんのために自分は役に立たない。

b　自分の生きてるいまからいえば、メイスケさんはもう死んでいる。「ウドンゲ」の歌で、メイスケさんはやりたいことを演説したわけだが、結局むいみだった。

c　自分はいま生きていて、大人になればなにかやろう、と思ってるけれど、やはりなにもできないのかも知れない。

「逃散」から二百年後の二〇六四年には、ぼくもひどい老人になっていて（または、死んでしまっていて）いま生きていること自体むいみだと証明されてるのじゃないか？

そんなことを考えて、子供じみた話ですが、寂しさから泣いたのでした。

本当にぼくらは、「夢を見る人」のタイムマシンで向こう側に行ったんだろうか？　なんらかの理由で、「三人組」が同じ夢を見ただけじゃないか？　そういう気もします。

メイスケさんの牢屋を訪ねた最初の日までは、いちおう別の時間、別の場所に行った「証拠」がありました。真木さんがもらって来た石笛が「＋《プラス》」の証拠。それはもうありません。

ぼくがメイスケさんの世界に置いて来たと考えていた、つまり「－《マイナス》」の証拠。スイス製のアーミーナイフも、シイの木のうろで見つかりました。》

4

アサ叔母さんが、バークレイからのファクスをとどけてくれた。

あかりへの返事は、母から。

あかりが知らせた「森の家」の暮らしぶりに感心したり、その上で教えてくれたりするもの。八月の終わりに東京へ引きあげる際、アサ叔母さんとムー小父さんの出費を清算しなければならない。あかりは、すぐ「家としての日記」の書き込みを家計簿に対照し始めた。

母のファクスの余白に、父もあかりへの返事を書いていた。

《アーちゃんの「日記」の文体はおもしろい。

真木と英語番組のテキストを買いに行ったことと、「逃散」で救護所《きゅうごしょ》を開いたことが、同じ書き方で続いている。そういえば、ロビンソン・クルーソーだって、大冒険と家事の工夫をそのように書いてたのじゃないか？

「三人組」が「夢見る人」のタイムマシンで向こう側に行ってる間、うろのなかはからだったかどうか、夜なかに雨もりを調べたムー小父さんに質問しなかった。その慎重《しんちょう》さにも、賢いものを感じます。

私が「三人組」の冒険にあまり心配をしないのも、きみが「三人組」の一員だから、ということがあります。》

真木への返事。

《お薬の、のみ方について、教えてくれてありがとう。じつは、もう二度、その日の分をのんだか、のまなかったか、混乱したんだ。

真木さんが石笛で戦ったことは、アーちゃんのファクスで知っていました。もうたたかいません、に賛成。しかし、石笛を一本くらい、とっといてもよかったのに！　『卒業』の、最初のレの分とか……

メイスケさんが、サクちゃんのナイフをきみに返したこと、直接サクちゃんにはいわなかったんだね？　真木さんはサクちゃんが小さい時から、かれの「誇り」を大切にする兄貴でした。》

5

いちばん長い朔へのファクスを、あかりは見せてもらうつもりではなかった。そこには、朔の「個人の問題」が書かれていそうだったから。

真木は、自分あてのファクスを読むと、あかりには見せたが、その後ズボンのポケットにしまいこんだ。そこにも朔の「個人の問題」が書いてあるから、気にしたのじゃないだろうか？　しかし朔は、やはり無愛想にではあったけれど、自分へのファクスをあかりに渡して、ジョギングに出かけて行った。

《サクちゃんのファクスでは、森と谷間を見なおした二枚の絵に、まず感心しました。アサがファクスの器械を入れてすぐだというのに、よくこれだけの力作《りきさく》をと驚いたのですが、あかりの「家としての日記」で、日数をかけて描《か》いたものとわかりました。

もひとつ、別の点で驚いたことがあります。それは、いま現在の絵より、百年前の絵の森と谷間に、

——これが自分の生まれ育った場所だ！　と感じたことです。

このところ、いったん眠った後、夜なかに目がさめて困るのですが、昨夜はベッドに入って「逃散」の年の村の絵を眺めた後、朝までぐっすり眠りました。これは「良いこと」。

高いところでふたつに裂けた「千年スダジイ」の、残っていた幹が台風で倒れたのは、戦争の終わった秋で、私は十歳でした。今朝になって、ベッドに横になったままあのころの自分の生活を思い出していました。こちらは「悪いこと」です。

それというのも、毎朝クヨクヨ後悔するのが、ピンチの症状のひとつだから。

敗戦直後の村で、食べものはないし、新しい本はないし、外国の軍隊に占領されている。そういう時なのに、自分がどんなに生き生きした心とからだを持っていたか。

今朝も初めのうちは、それを思い出して

いた。そして、いまの自分にはあの心とからだはない、と暗い気持ちに落ちこんで行った……

　いま、このファクスを書いているのは、真木の指示どおり小分《こわ》けした薬の今朝の分をのんで、いくらか回復してということです。

6

　きみの三枚目のファクスについて。過去の時間と場所に行く。もう歴史になった出来事が、いま実際に起こっているのに立ち会う……

　そうした想像力を働かせることなら、これまでもよくなされてきたわけだね？　物語や、小説や、演劇、映画にもなっています。

　私は、たいていの人間がそうであるように、子供の時にも、大人になってからも、それを実際に経験したのではありません。しかし、誰よりその想像はしました。

　大人になったいまも（たとえば今朝も）「千年スダジイ」が倒れたニュースが国民学校までとどいた時、元気のいい友達はさっそく森に出かけた……あの時、自分もそこに行っていたとして、と考えたくらいです。

　そして、自分は現場に行く習慣を作ることができなかった、それが小説家としての弱点だ、と後悔しはじめたのです。

「三人組」が夜中にシイの木のうろで眠って（これだけだって、なかなか実際にはやれないことだ）「夢を見る人」のタイムマシンに乗ったという報告を、私は信じます。真木がファクスでいうとおりに。

なにより「三人組」の想像力が（三人で同じ夢を見る、ということであっても、夢として想像力は活動しているのだから）生き生きと動いているのがわかります。

「三人組」が、百二十年前へ時間・空間的に移動するのであれ、夢見る心だけの旅だったのであれ、この夏きみたちがそこからもたらされたものは、大切な人生の資産になるのじゃないでしょうか？

そこでサクちゃん。歴史できまっていることに、もう一度、立ち会ってみても同じ、結局「むいみ」だ、と考えるのは、正しいだろうか？

さらに、これこそきみにたずねたい中心ですが、過去の時間と場所に入って行って、そこでなにかしようとすることは「むいみ」だとわかったとして、いま現実にやろうと思い・やってみることも、だから「むいみ」だというのは、文章として正しいだろうか？

ともかく、いまのきみには、ひどい老人になった自分を空想するよりも、いま現にきみの心とからだをしている子供に目を向けて、それこそが自分だと認めることが、自然なのじゃないか？

……私は「三人組」のファクスに答えながら、自分のピンチについても、正直な「中間報

告」をしたように思います。》

7

元気のない朔を励ます会を、ムー小父さんが開いてくれた。まず新《あらた》とカッチャン、そして「三人組」で谷間の川へ泳ぎに行く。後からピザと「千年スダジイ」の湧《わ》き水を持ったムー小父さんが加わって、一緒に話をするプラン。

コンクリート橋からいくらか川上に、バスを二台かさねたかたちの岩がある。早い瀬がそこにつきあたり、深いふちを作っている場所で、五人は泳いだ。

何でもそうだが、真木は特別の泳ぎ方。ふちの上のへりの、浅いところから深い方へ進んで行き、からだが浮かぶと、水に顔をつけてそのまま流されて行く……息が苦しくなると顔をあげて、もうふちから遠ざかって浅くなってる底に足をつける。

あかりがそばについて見ていると、流れにうまくからだが浮かぶのは、水の深さを見はかった真木が、いいところで踏み切るからなのだ。流れている間は、上手にからだのバランスをとっている。

朔も、真木のやり方をまねてみてから、それを自分流に改良した。両腕をわきにつけて、平泳ぎ式にキックし、岩のきわまで進んでから、グルッと回って流れくだる。

カッチャンが、感心して、

——新式のカエル泳ぎ、といった。

腕を動かさないところが、ふつうのカエル泳ぎよりカエル的や！

クロールのうまいあかりは、真木が流れて行って足をつく地点に先廻《さきまわ》りして待ち受ける。それから真木と腕を組んで川原に上がり、出発点まで真木を送ると、またクロールで先廻りした。

新とカッチャンは、ふちの底まで潜って、岩の下にいるというウグイの群れを眺める様子。

しばらくしてあかりは、

——川で泳いでるのは、どうして私たちだけ？　と新にたずねた。

——みんな学校のプールで泳ぐか、家でゲームをやってる、という答えだった。

8

岩のバスの「屋上」に上がっておやつを食べている時、

——カッチャンは、県庁から来た人の夏休み講演会から、出て行くようにいわれたんだって？

とムー小父さんが問いかけた。

——「そこで、きみたちはなにをしようと思う？」という質問に答えただけやから、とカッチャンは内容を話そうとしなかった。

追い出されたので、腹を立ててるんだ、とあかりは思った。

かわりに新が話した。

――「未来のこの谷間は、どうなっているだろう？」という講演だったんです。

県庁の人は、農業の専門家で、トマトの新しい栽培《さいばい》法の話をしました。岩鼻《いわはな》を崩したあとが細長い空き地になってますね。その全体を温室の農場にする計画です。

いちばん低い、これまでも畑だった地面にトマトを一本だけ植えて、その茎が、以前岩鼻のあった高みまで伸びるように栽培する。そのトマトの木だけで、大きい温室いっぱいの、一万三千個の実をならせるそうです。

タテにこまかく区切った段ごとに収穫して、高さを利用して、谷間に待ってるトラックにパイプで送る。そのまま出荷する……

そのように話して、「そこで、きみたちはなにをしようと思う？」という質問が出されました。中学生が、自分はなにをしようと思うか、答えを紙に描く。

絵に描いてる間に、何人か口で説明することをもとめられたわけです。

――カッチャンはどういう話をしたんだ？

あらためてムー小父さんに聞かれたカッチャンは、あまり気がのらない顔つき。それでもカッチャンはこの出番《でばん》を待ってたんだ、とあかりは感じていた。朔もいまは楽しそうな興味を示していた。

――ぼくは大工道具の箱をかついで行く、と答えた、とカッチャンはいった。一本で一万三千個の収穫があるトマトの木を、ノコギリでひこうと思う！　うちはトマト農家やからね。

みんな笑った。とくに朔が愉快そうだった。

あかりは、もう朔が新とカッチャンに、この前の旅の話をしてるんだ、と思った。それも朔は、持って行った大工道具でメイスケさんが脱獄《だつごく》しなかったことを残念がって話したのだろう……

その気持ちをくみとって、カッチャンはノコギリの話をするために、わざわざ講演で追い出される失敗をやっておいたのだ。

岩鼻で私がしょげていた時、真木さんが、「炊《た》き出《だ》し」という面白い言葉をいうために、チヨコレートの分配のことから準備していたのと同じ……

あかりは、自分の考えたこととは別に、明るく笑っているカッチャンを、

――面白い人！　と思った。

――ぼくは絵を描く前に追い出されたけども、「未来のこの谷間は、どうなっているだろう？」の絵に、ノコギリをかついだ男を描いたやつが三人もいたそうや。

帰りに中学校の講堂へ寄って、見て行こう！

9

——そういえば「三人組」はどうして、シイの木のうろから未来へ行こうとしなかったんだろう？　と、ムー小父さんがいった。

——そうだよ、あてにしてることがあったのに、とカッチャンもいった。

朔は笑わないで答えた。

——過去に行ってメイスケさんに会って、あの人が困った状態にいるのに自分は役に立たない。それが苦しかったからね。今度は……

と、まだ話している朔をさえぎって、新が、

——困った状態でもメイスケさんがどれだけしゃんとしてたかは、見てきてもらったよ、といった。

——……今度は未来に行って、いま自分が生きてることが「むいみ」だとわかったら、もっと苦しいからね。

朔はそう言いたして、ふちの深みをにらむようにした。

新は朔に自分のいったことを無視されても、めげなかった。

——サクちゃんが、この前から、あんなこと「むいみ」だったというからね、考えてみたん

だ。

過去はすでにあったことだから、変えられない。それでも過去に行ってみてね、メイスケさんという人がもっと深くわかったということは、「むいみ」じゃないよ。いまのぼくらにとって……

そして未来は、まだきまってないものだね。いま生きてる者の働きで、どんなものにもなるんじゃないの？

川がここまで流れて来てるだろう？　ここをいまとするよ。ここまで流れて来た、川上のことは過去だ。もう変えられない。しかしね、ここから流れて行く川下《かわしも》は、変えられるよ。たとえば、ここにダムを造ったらどうなる？　いま、ここをどうするかで、未来は変えられるんじゃないか？

「夢を見る人」のタイムマシンに乗って行って、未来の世界を見て、そこがいやだったらね。いまの時代に帰って来て、そんなふうじゃない未来にするように、なにかやることはできるよ。まだ起こってない未来がさ、いまからきまってしまってるはずはないよ。

――それこそ「むいみ」だものね、いまどんなふうに生きても、未来は、ひとつにきまってるとしたら……

朔が強い声でいった。あかりはこんなに「ポジティヴ」な弟を見ることは、この四日間なかったと思った。

——新は頭が良すぎて、いうことがおれにはわからんよ！

そうカッチャンがいって、岩の上から新を突き落とそうとした。新がヒョイと肩をさげたので、カッチャンは濃い青の深みへ自分で落ちて行った。

14章　未来に少し永く滞在する

1

おやつを食べてもっと話した後、水に入ってからだを冷やした「三人組」と新《あらた》、カッチャン、車でひと休みしたムー小父《おじ》さんは、中学校に展示されている絵を見に行った。

――同じような発想ばかり、とあかりは批評した。

ムー小父さんが、土地の中学生たちの側に立って答えた。

――みんなで「未来のこの谷間は、どうなっているだろう？」という話を聞いたんだ。生徒はあらかじめイメージをあたえられたわけだね。「そこで、きみたちはなにをしようと思う？」と問いかけられれば、こういう絵になるよ。

――あたえられたイメージを、自分で作りかえるのが、想像力の働きだ、と……

朔《さく》がそう言いかけたのへ、

——また難《むずか》しいことをいう者がおる、頭いたいわ、とカッチャンは閉口してみせた。

——いまサクちゃんがいおうとしたことはわかるよ、と新がたしなめた。むしろさ、いつもカッチャンがやることやないか？

岩鼻《いわはな》のあとがくぼんでいるところに、急な階段のかたちの発射台が建てられている。そこに長ながとよりかかった宇宙ロケットの丸窓から、子供が不安そうな顔をのぞかせている。それを描《か》いた女子中学生に、あかりは共感した。

カッチャンが、掛かっている絵を三枚、手前に並べかえた。やはり森のくぼみにそって建てられているので、覆いをした階段のような温室。その低いところに見えるトマトの木の根方《ねかた》を、切っている子供。

——ノコギリを持った子供は、みんな同じロゴのTシャツを着てるのね。カッチャンがモデル？

あかりがそうたずねたのは、泳いだ後カッチャンが着がえたTシャツにも、1864—2064という黒いロゴがついてたからだ。

——このTシャツは、「逃散《ちょうさん》」二百年クラブで作った、とカッチャンは得意そうだった。メイスケさんは、未来の子供に覚えられていると聞いて喜んだ。そうだよね？　それでクラブを作って、本町のスーパーにTシャツを注文したんだ。

サイズもロゴの色も、いろいろあります。注文すればすぐ作ってくれるし、二十枚を越えた分から割引きになってるよ。

——私たちにも、三枚、おねがいします、とあかりはいった。

でも、新さんはこういう子供じみてること、好きじゃないでしょう？

——クラブもシャツのロゴも、新のイメージだよ、なにも作りかえていない、とカッチャンはいった。

ぼくには、想像力がないから。

2

「森の家」での夕食の後で、朔は、

——新やカッチャンが未来という時のイメージはさ、「逃散」から二百年後なんだね、「三人組」もそこに行ってみよう、と提案した。

真木《まき》さん、ぼくらがはじめてメイスケさんと会った時、メイスケさんは「ベーコン」を連れていたでしょう？　あれは過去の時間へ行ってたんだ、一八六四年に。

今度は、二〇六四年の、この森のなかへ行こうと思うんだよ。ぼくらの生きてる時代からずっと先の方へ……

真木は面白がってる証拠に、芝居じみた受けとめ方をした。

――二〇六四年か、すごいものだなあ！　リヒァルト・シュトラウスの生誕二百年ですからね。ＦＭは世界中のいろんな催《もよお》しを中継してるでしょう！

そして、こういう時いつもやるとおり、真木がＲ・シュトラウスのＣＤを探しに行った間、朔はあかりにくわしく自分の考えをのべた。

――アーちゃんと真木さんが、ムー小父さんの車で帰った後ね、新とカッチャンとで話したんだ。

カッチャンが、「逃散」から二百年というようなことをいったでしょう？　ああいう時、ぼくはもう死んでる自分とか、ひどい老人になった自分とかに頭がゆくんだよ、われながらのんき坊主のくせにさ。

パパがね、ぼくを気の毒だ、といったこともあるよ。その性格は、自分から伝わってるようだとさ。

ところがそのパパが、ひどい老人になった日のことを想像するより、いま現実に子供である自分を見よ、といって来たんだ。

そして新はさ、ぼくが未来の世界に行っていやだったら、いまに帰って来て、そうじゃない未来を作ればいい、といったんだ。

新は実際にね、この土地で、自分らがやって行くことの準備をしよう、としてるんだよ。言い伝えに、メイスケさんの生まれかわりという話があると、おばあちゃんに聞いたでしょう？　ぼくはさ、新がそうじゃないかと思うよ。

――私も！　とあかりはいった。

いつだったか、新さんとメイスケさんが似てる、と感じたわ。あの時は、見た感じが似てると思っただけだったけど、いまは心のなかもそうじゃないかと思う。

――カッチャンだって、タイプはちがうけど、やはりメイスケさんの生まれかわりじゃないかな？

そのカッチャンが今夜ね、「逃散」二百年クラブのメムバーを集めて、あらためて八十年後の世界を描く、といってるんだ。

これからぼくも行ってくるよ。

真木がＲ・シュトラウスのＣＤを持って来ていた。

朔は、

――いま聴かせてもらいたいけど、ぼくは急いでるんだ、と謝った。

これまで、おばあちゃんの絵に案内されて過去に行ったでしょう？　今度はさ、新やカッチャンたちの絵を借りて来るからね。

それを「三人組」で見て、未来に行こう！

もう夏休みは終わるから、「夢を見る人」のタイムマシンに乗れるのも、あと一回きりかも知れないよ。

朔がカシの木立の間を駆け上がって行くのを見送って、真木は、

——残念ですが、リヒャルト・シュトラウスの曲は、十分以上が多いんです、といっていた。

そして真木は、自分ひとりで聴く時より大きく、『ツァラトゥストラかく語りき』のはじめの部分を鳴り響かせた。

3

出発の日、これまでシイの木のうろに入って眠った夜とはちがうことが幾つもあった。

昼間はまだ暑かったけれど、夕方からは肌寒くなっていた。「三人組」は、ジャンパーやセーターを着たまま横になった。また、みんなそれぞれ、ムー小父さんに焼いてもらったピザと、自分らで湧《わ》き水をつめた水筒をデイパックやバスケットに入れていた。

それは朔が、この谷間の未来の世界を時間をかけて見たい、といったからだ。よく見て来て、いい、やなところはそのような未来じゃなくするように、新やカッチャンと話し合うつもりなのだ。

——もしね、向こう側で一晩すごすことになったら、新かカッチャンの家を訪ねて泊めてもらおう。息子さんか娘さんが「三人組」の話を聞いてるかも知れないしさ。

——それよりもね、新さんやカッチャンがまだ生きてるんじゃない？　とあかりはいった。

新さんもカッチャンも、ひどい老人にはならないわ。あの人たちや「逃散」二百年クラブのメムバーが働いて作った世界だから、あまりいやな未来でもないと思う。

――「三人組」としても、そのためにいくらか協力してるはずだしね、と朔はいった。「逃散」二百年クラブが描いた絵のように、森の上には空中都市が浮かんで、谷間とエスカレーターでつながってたりはしないと思うけどさ。

ずっとその大きい絵を見ていた真木が、

――この絵のなかのどこに行きますか？　とたずねた。

――こんなにいろんな施設があるのじゃ、着陸した時の「あんぜん」も考えなきゃねえ、とあかりも心配になった。

――「千年スダジイ」の前にしよう。森の中はいまのままだと思うよ。

朔の提案が採用された。あかりがランプを消すと、うろの周りから盛んな虫の声が入りこんだ。

4

先頭の朔が、

――未来に行くつもりで、過去に来たんじゃない？　と驚いた声をあげた。

それも、森の廃墟《はいきょ》にさ！

あかりも、あたりを見まわして、あっけにとられた。目の前には直径五、六メートルのなべのようなくぼみがあって、焼け焦げた太い根株が転がっている。それでも、右奥に見慣れた岩があって湧き水がしたたり落ちていた。

――シイの木はなくなってるけど、場所はここだわ、とあかりはいった。

倒れた幹の腐ったところから伸びて、一直線に並んでいたシイの若木の一本が、高い木になって、日ざしをさえぎっている。その茂りの下に、「三人組」はそれぞれの荷物をせおったり提《さ》げたりして立っていた。

――やはり未来に来てるんだ、と朔が大きく息をついていった。シイの木は、もう一度、雷に直撃されたか、すっかり枯れたので焼かれたかしたんだね。はじめに雷にやられたのは、牢屋《ろうや》のメイスケさんにお母さんが会いに来た日で、幹が二つに裂けて片方が燃え上がるのを見た、といってられたでしょう？　大政奉還《たいせいほうかん》がある世の中だから、天変地異《てんぺんちい》も起こるだろう。馬の世話をする人が、そういったって……

メイスケさんは、残った幹が折れるのは、もっと大きいことが起こる時じゃないか、と予言者みたいなこともいってたね。

パパがくれたファクスに、シイの幹が倒れたとクラスで聞いたと書いてあったからさ、ぼくは戦争に負けた年のことだ、と思ったんだ。

――メイスケさんは、もひとついわなかった？「千年スダジイ」のうろのある幹までなくなるのは、どんなことが起こる時だろう、と未来を占うような。それが起こったんだ……

朔はにらむような目をして焼け焦げたくぼみを見ていた。それがとても悲しそうなので、あかりは自分のいったことを後悔した。

5

ところが真木だけは勢いづいて、草の上におろしたデイパックから紙包みを取り出している。あかりは暗い木立の間の道を、まだ若い柴犬が駆けて来るのを見つけた。犬は、しゃがんでいる真木にぶつかるようにすると、赤茶色の頭をゴシゴシ押しつけた。立ち上がった真木は、姿勢をとって見上げる犬に、ベーコンをヒョイと落としてやった。

――本当に、「ベーコン」だ、とみるみる元気になった朔もいった。

悪いことだけ起こってるんじゃないね。びくびくせずに、しっかり調査しなきゃな！
朔は力をこめて、ズックのひもをしめなおしていた。真木もあかりも身仕度《みじたく》をととのえた。

「ベーコン」の来た道は、これまで「三人組」のなじんできたとおり森のなかをくだっているが、歩き始めて見ると、両側の樹木は黒ぐろと大きくなり、道幅《みちはば》もせばまった感じだった。「ベーコン」の道案内がなければどんなに心細いだろう、とあかりは思った。それでも、林道に行きあたると、そこはアスファルト舗装《ほそう》されていた。あかりは、

——もう森のなかの道を人が使ってないのかと思ったわ、といった。

林道を越えて「森の家」に降りる入り口には、古材木やアスファルトの工事に使った板が積まれ、つる草が覆っていた。

——ぼくもそう思ってたんだよ、と朔はいった。

林道は使われてるけれど、「森の家」やムー小父さんの小屋に人は住んでないね。

6

「三人組」は谷間へくだる方向に林道を歩いて行った。そのうち先頭に立っていた「ベーコン」が「三人組」をやりすごすと、うしろに向かって吠《ほ》えた。

振り返ったあかりは、すぐそばまで車が来ているのに驚いた。新式の装備のトラクターと、

トレーラーの牽引車《けんいんしゃ》をあわせたような車。それでいて、すっかり古びていた。

運転台の窓が開いて、作業服を着た浅黒い男の人が顔を出した。

「三人組」も「ベーコン」も、アスファルトが崩れている道のはしから草の斜面に足を踏み出しているすぐ脇に、男の人は車をとめた。そして「三人組」を見おろすと、穏やかな声をかけて来たのだ。

——きみたちは、道に迷ったのカッ？

——迷ってはいないと思います、と慎重《しんちょう》に朔が答えた。

——われわれのコロニーへ来た人じゃないのカッ？

——いいえ……

——どこへ行こうとしてるのカッ？

朔はにらむ目になって言葉を選んでいた。

——谷間の様子を見たいと思っていますけど……

いま、コロニーといわれましたが、それはこのずっと奥の、根城《ねじろ》といってたところにあるのでしょうか？

——子供なのに、よく知ってるネー、と男の人はいった。

この土地から海外に移住した人の二世か、三世なのカッ？　県のルーツ訪問プログラムで来たのカッ？

谷間でネー、厄介《やっかい》なことがあったら、連絡《れんらく》してみないカッ？　お役に立つのじゃないカッ！

男の人は運転台に続いているパイプの出口に、カードをコトンと送り出して来た。そして、高い運転台をグルリと回転させると、やって来た方向に車をスタートさせた。

――太陽電池の試作車を見たことがあるけど……新しい動力の車かも知れない。音がしないものね。

朔はそういって、カードを見た。

――「ムー根拠地」コロニーの農場長だって！　新やカッチャンがムー小父さんと造った施設だと思うよ。それがいままで……二〇六四年まで続いてるんだ！

まったく、悪いことだけじゃないんだね。

――でも、海外に移住して行ったとか、厄介なことがあったらとか、いってたよ、とあかりは心配した。

子供と犬が道を歩いてくだけで、厄介なことが起こるような世の中だったら、どうする？話し方のアクセントも変わってたし……

7

「三人組」がくだって行く林道の両側は、恐ろしいほど大きい木立になっていた。とくに奥の方は、太い木が倒れたり斜めになっていたりして、見通しが悪かった。道の両側に長い丸太が幾本も並べられていたが、地面に接している部分が腐り始めているものもあった。

——この道、向こう側で私たちが通ってる道より、暗くない？

——このあたりはスギを植林したところで、やはり暗かったけどね、もう立ち木の間を整理したり、伐《き》り出《だ》して材木にしたりする人が働いてないんじゃないの？　こういう丸太は、台風で道をふさぐように倒れたスギを整理したんだと思うよ。林道を使う「ムー根拠地」の人たちとかがさ。

——こんなにごたごたして暗い森に「ベーコン」が入ってしまったら、出て来られるかなあ？

朔は答えなかった。真木が立ちどまってしゃがむと、寄って来た「ベーコン」の柔らかい、夏のような背中をなでてやった。

そこを通り抜けると、今度は覚えているよりガランとした谷間が見えて来た。しかもその全体がコンサートホールになったように、音楽が鳴り響いた。トランペットの音、弦の合奏とティンパニーの連打。二〇六四年の世界に行くと決めた時、真木がかけてくれた曲だ。

——これは『二〇〇一年宇宙の旅』の音楽にも使われたでしょう、真木さん？　と朔がいった。

しかし、いま聴くと、なんだか古めかしいねえ。

――リヒァルト・シュトラウスの生誕二百年ですから、と真木は答えた。

8

「三人組」が林道から国道へさしかかる前に、音楽は消えていた。森を照らす光の角度からも、まだ朝早いことは確か。あかりは気になっていたことを聞いてみた。

――あんなにして町の人たちに時間を知らせるの？

――それだと、堂どうとしすぎてるなあ、と朔は否定した。今日は日曜だし、特別な催しの予告だと思うよ。

あかりが「逃散」の女の子たちのために救護所《きゅうごしょ》を作った場所には、カツラの木こそ大きくなって盛んに茂っていたが、ガソリンスタンドの高く広い屋根があった。手前の柱に、パネルがつりさげられていた。

ムー根拠地マネーは、使えません。

「三人組」は、その角を急ぎ足に回って川上に向かった。ガソリンスタンドの床《ゆか》に、ふたりの若者が、見たことのないロゴの石油会社の作業服で水を流していた。掃除をしながら、警戒する様子で、こちらをうかがっている……

国道まで森から崖《がけ》の突き出した片側は知ってるとおりだけれど、川の側はすっかり変わっていた。民家がすべて取りはらわれ、広げられた国道と堤防の間は、ずっとコンクリートの平面になっている。とびとびに乗用車が置かれているのを見ると、そこは駐車用のスペースなのだ。そしてやはり大きくなった橋の向こうに、いまは中学校じゃなく、空港にある格納庫に似た倉庫が立ち並んでいる。そこから上の斜面には、東京の郊外でよく見るコンドミニアムが並んでいた。

国道の左奥が見通せる地点に進んだ「三人組」は、声も出せないで立ちどまった。岩鼻を壊して石を採ったあとが、タテ長のくぼみになっていた場所。その全体を埋めて、濃い焦げ茶色の合成樹脂パネルで張った大建築がそびえている！

——あの未来の絵は、ほぼ正しかったねえ、とやっとのことで朔がいった。

実際はもっと大規模だけど……

あかりもため息をついてなにかいおうとした。ところが、大建築の敷地へバイパスが入るゲート脇の建物から、三、四人の男たちが跳《と》び出《だ》していた。かれらは駆けて来て、「三人組」を制止した。

「ベーコン」が吠えようとするのを、中腰になって真木がなだめている。あかりは、おびえてしまう自分の気持ちを静めようとした。

9

——おまえら、なにしに来たんか？　と白髪頭を丸刈りにした、いちばん年長の男が大声を出した。

集会の開始まで、二時間もある。個人参加者があるという連絡は、わしの警備班に来とらんよ。そもそもおまえら、制服も着とらんやないか？

そういう格好《かっこう》で、こういう時間に歩いておるのは、集会の妨害やないかと疑われるよ。注意深く聞いた上で、朔が答えた。

——ぼくらはあなたのいわれる集会のことを知りません。この建物を見るのも初めてです。谷間の様子を見たいと思って、森から降りて来ました。

——「ムー根拠地」に来ておるのやな？

という問いかけに、一息おいて、

——……いいえ、と朔はいった。

うしろから若い人が耳うちしていた。警備班長は（この人だけ、ネクタイとスーツで、若い人たちはカーキ色の制服）思いついたように、話す調子を変えた。

——この土地からの海外移住者の二世、三世やろうか？

朔は、「ムー根拠地」の人から聞いたと同じ言葉からヒントを探ろうとしているようだった。

真木が、黙っている弟に代わって、ゆったりと質問した。

――集会は、リヒァルト・シュトラウスの生誕二百年でしょうねえ？

相手は、カッとなる様子。

――なにをいってるのか？　おまえらがそういう態度なら、ＩＤを見せてもらわんといかんよ！

若い警備員たちが三人を囲んで、班長のいったものを出させようとした（身の上をあかすカードだ、未来の社会で、それを持ってなくて大変なことになる映画を見たことがある、とあかりは思った）。

まず朔がポケットにあるものを全部取り出して見せた。あかりもそうした。そしてあかりは、真木がそうするのを、すぐに手伝おうと思っていた。

ところがその前に、真木の、上衣のポケットを警備員が探ろうとした。知らない人にはからだをさわらせない真木が、身がまえた。「ベーコン」は唸《うな》り声をあげた。

――兄は、抵抗してるんじゃありません、とあかりは叫ぶようにいった。

兄は障害児なので、事情が、よくわからないんです。私がお見せします。

朔から受け取ったものを調べていた班長が、

――「ムー根拠地」の農場長の名刺を持ってるやないか？　と大声を出した。

おまえら、本部まで来てもらわんとならんよ！

10

「三人組」だけになると、

——私たちは逮捕されたの？　とあかりは朔にたずねた。

「三人組」は（そうでなければ真木が動かなかったので、「ベーコン」も一緒に）警備本部の建物の、小さい部屋に閉じこめられていた。

あかりは不安で、真木が怖がりそうな言葉をさけてもいられなかったのだ。

——あの人たちは、大建築を管理する会社の警備班でしょう？　警察じゃないと思うよ。

朔とあかりの話を、真木は気にかけない様子。高い窓の下の、壁に背をもたせてしゃがみ、膝《ひざ》の前に立たせた「ベーコン」の、赤茶色の背中をなでてやっていた。

——私たち、どうなるかねえ？

——いざとなれば、真木さんにあの言葉をいってもらうからね、と朔はあかりをなぐさめた。

しかし、できるだけ様子を見て行きたいんだ。新やカッチャンになにも説明できないのじゃ、こちら側に来たことが「むいみ」だから。

——……今までのところで、サクちゃんはここがどうなってるんだと思う？

——谷間に降りて来るまでは、森の世話をする人がいない感じだし、移住という言葉も聞いたしさ、どうなったんだろう、と思ったけど。

あの大建築を見ると、谷間まで超現代的というか……つまり未来的になってるね。

しかし、あんな大規模な設備でトマトの水栽培をしても、ペイしないと思うんだ。

電子産業のコンビナートじゃないの？　倉庫も従業員宿舎もあったしね。川すじの道路脇が駐車場なら、車で働きに来てる人も多いはずだよ。

そして今日は、そこを会場にした集会があるらしいんだ。

さきにあかりが鍵《かぎ》をかけられていると確かめた、ドアが開いた。警備班長が顔を出して、すごい秘密のように、

——集会支援委員長の、県知事閣下《かっか》が、きみたちに会ってくださる、と知らせた。

これはあんまりない、特別なことだよ！

11

まず「三人組」は、中身を調べられていたデイパックふたつとバスケットを受けとった。広い敷地のはしの通路を歩いていると、窓にシェードをおろした大型バスが幾台も脇を通り過ぎた。大型バスは、近づくとさらに巨大になる建物の地下に吸い込まれていた。

朔は、天井の高い一階の奥の方を、しきりにのぞいて見ようとした。それが、あかりにはおかしかった。中学生たちが未来を想像して描いた一万三千個も実の採れるトマトの木を見つけようとしている？　ノコギリも持ってないのに……

集会の参加者を降ろして出てくるバスもあるので、「三人組」は建物の前を通り過ぎることはできず、いったんうしろに回って、駐車場のエレヴェーターに乗った。

大建築の東の側二階にコンサートホールの入り口が開かれていて、直接車を乗りつけるＶＩＰ用（つまり重要人物の）駐車コーナーが作られていた。ホールのロビーにも、そこから外に出た広場にも人影がなく、直接エントランスに上がって来る道は、まだ通行止めになっている様子。

駐車コーナーには、大きいリムジンと三台の乗用車がとめられて、まわりに黒背広の人たちや知事秘書というバッジをつけた中年の女性、そして、制服の警備員たちがいた。

「三人組」をみちびきながら、

――県知事さんは忙しい方やから、公用車を執務室に改造されて、仕事されとるのや、と警備班長はいった。

秘書の女の人が窓からは内部の見えないリムジンのドアを開けてくれた。真木が「ベーコン」を抱き上げて、まっ先に乗りこもうとして、警備班長に制止された。

――あんた、いくらなんでも犬を連れて入ることはできんよ！

しかし、秘書の女性が、

――どうぞ。目の不自由な方は、盲導犬と一緒ですしね。

そういって真木を通してくれた。

12

知事は、細長いデスクを前に、カーテンをしめて薄暗くした場所に座っていた。足もとがよく見えないのでためらっている真木に、天井の照明をつけて、脇のソファに迎えてくれた。

小柄なからだに大きい頭の知事は（「三人組」の父親より若い感じ）、あかりにテレビ漫画の子供博士を思い出させた。

――きみは知的障害者なのね、と知事は真木にいった。

——そうだと思います。

知事は笑ったが、その目は、眼鏡に穴を開けてのぞいているようで、冷たいままだった。

——今日の集会でも、知的障害の子供たちがスクエア・ダンスをやります。私はダンスができないから、その点で障害者なんだ。

知事に顔を向けられたあかりは、こう答えるほかなかった。

——ダンスのできない障害者は、苦しいでしょうか？　兄の場合、発作があって、苦しいようです。

知事は朔に顔を向けて、たずねた。

——きみたちはＩＤを持ってなくて、取り調べを受けたのね？

——そうだと思います。

朔はまじめに答えたのだけれど、真木が面白そうな表情をしたので、あかりは気になった。知事は真木と朔を見くらべるようにしていた。

——きみたちの御両親が、国や県のＩＤ政策に抵抗する方たちなら、きみたちを追及はしません。きみたち自身に不便があると思うけれどもね。

子供にも持たせないし、自分のＩＤは町役場なり市役所なりの前で焼く。そういう運動をする人たちには、その権利があります。

憲法の解釈で議論があった後、そのような人たちの自由も認めるというのが、いまの考え方です。きみたちの服装を見ても、「古き良き時代」に帰ろうという教育方針の学校の生徒だとわかります。

しかしね、きみたちが自分の自由を大切にするあまりに、ほかの子供たちの、自由な集まりを妨害するとすれば、それはどうだろうか？

ほかの子供たちが、時間をかけて準備してきた集会を、自分が愉快でいたいために妨害する。そして、ほかの大勢の子供たちを不愉快にするのが、フェアだろうか？

今日の会場のホールにね、きみたちのような考えの子供が五十人もまぎれこんで、アッピールしたとすれば、集会は流れます。なぜかというと、私は集会を支援する立場だけれども、決して警官を導入しないから。

しかも私は、なによりきみたちのような考えの子供たちと、集会を楽しみにしている子供たちとの間で、衝突が起こることを恐れるから。

しかし、私はね、きみたちにひとつ聞きたいんだ。どうしてわざわざそのような服装をして、そのような髪形《かみがた》をして、堂どうと乗りこんで来れるんだろう？地域の子供がずっと準備して、集会を楽しもうとしている場所に……

いまいったとおり、私はきみたちを暴力的に排除させたりはしませんよ。きみたちと集会の子供たちのけんかということになれば、少数派のきみたちを保護します。外国からも来てるマスコミは、なんとかきみたちがひどい目にあう場面を撮影しようと、てぐすね引いてるんだが！

しかし、きみたち、そんなことをしてなにが楽しいの？

13

——ぼくたちは集会のことを知りませんでした。

朔が、心をきめたのだとあかりにはわかる言い方をした。

父に反対する時にも、あかりがすぐ感情的になるのに対して、このように心をきめて、順序だてて意見をいう人。

ですから、集会を妨害しよう、という気持ちがあったはずはありません。

——きみたちは、「ムー根拠地」と関係があるわけだね、と知事はいかにもズバリといった。

朔は、ひとつ深呼吸をしてから答えた。

——ぼくたちにも「ムー根拠地」という名前から思いつくことはあります。しかし実際には、こちらに降りて来る途中で、車で来た人とちょっと話して、カードをもらっただけなんです。

――集会の支援委員会が、この土地に入って来る通路はすべてチェックしてるのよ。きみたちは（どのような手段によってか）それを突破した。そして、県の方針にいつも反対してきた「ムー根拠地」と接触している。

きみたちは身分をあきらかにするものを持っていない。その理由を、答えようともしない。私としてはね、実施委員会から、集会が終わるまできみたちを保護するようにいわれれば、ことわりにくいわけだ。

正直に身分をあきらかにして、きみたちの考えを話してみる気はないの？

――ぼくらは、ある手段で……自分らでは「夢を見る人」のタイムマシンと呼んでいる手段で、いまのこの場所に来ました。こちらに来る前の、向こう側の時間は、一九八四年です。場所は、同じこの森です。夏休みをすごすために「森の家」に滞在しているんです。

どうすれば、そんな不思議な話を信じてもらえるか。あなたにお見せすることのできる証拠を探していました。

いま思いついたことがあります。兄のデイパックに、FMラジオが入ってます。こちら側のいまもFMの電波は使われていると思います。しかし、ラジオに印刷してある、八十年前の周波数からはズレてるはずです。もっと徹底的に多くの局が必要でしょうから。

真木はもうこちら側のFMをためしていたようだ。自信にみちてラジオを取り出すと、ダイヤルを動かして見せた。音量をあげて、同じ操作をくりかえしもした。わずかな音も聞こえて来なかった。

14

知事は、ラジオを差し出そうとする真木に頭を振ってから、

――きみも一九八四年にいましたか？　とたずねた。

――みんな、同じ年にいたと思います。

――こちら側が何年か、知ってる？

――二〇六四年です。リヒァルト・シュトラウスの生誕二百年ですからね。

知事は考えるようにしてから、朔にいった。

――きみたちの手帳や、はさんであったレシートを調べました。どれも一九八四年のものでした。日付と曜日も合っています。

もしね、きみたちが、こちら側の組織から送りこまれたんだとしたら、なかなかこれだけの準備はできないよ。私もきみのいうことを信じる方が簡単だ。

きみたちの方からいえば、未来のこの谷間を調べに来てるんだが、どういう目的で？

――自分たちの今いる場所が、未来ではどうなってるか、知りたいと思いました。

――そこで、こちらに来て調査をした結果、未来は悪くなってる、としてね。そういう時代

にした責任は、前の時代の、きみたちにもあるんじゃないの？

——ぼくはそれを知りたいんです、と朔は勇気を表していった。

失礼ですけど、もし良くない時代になってると感じたら、向こう側に帰って、ぼくらにもできるなりに、そうでない方向へ修正したいと思います。

——調査が終われば、「夢を見る人」のタイムマシンに乗って、一九八四年に帰って行くわけだ……

どういう原理と技術によるものかわからないけれども。

——もしいまから八十年前にタイムマシンの原理と技術がわかっていたら、あなたたちは、それをずっと改良していられるんじゃないですか？

ぼくらはどんなマシンも持ってません。昔からの言い伝えのままにして、旅をすることができています。本当に未来に来ているのかどうか……夢じゃないか、と思うほどです。

——向こう側に帰る時はどうするの？

——三人で心からねがえば、帰ることができます、と朔はいった。

知事は、笑わない目でジロリと朔を見た。朔は、見つめかえして、少しもたじろがなかった。

どうしてサクちゃんは、こんなに信じてもらえそうにないことを、知らない人に、勇敢にいえるのだろう？

——それが本当のことだからだ、とあかりは胸を熱くして思った。

15

――きみは、ともかく、ごまかさずに、自分の信じていることをいったと思う。私はそれを尊重します。

そこで、ひとつ提案があるんだ。こちら側に来たのは、調査が目的ならば、とくにきみたちの場合、集会の子供らを見て行くといいんじゃない？

きみたちを、集会に招待しますよ。

すぐさま知事は、デスクのインターフォンで指示を出した。秘書の女性が入って来て、打ち合わせがあった。知事は、機嫌《きげん》よく手を振ってリムジンを出て行った。

ドアが開かれ、閉じられる、二度の短い間に、あかり

はホール入り口にも、幾台もの大型バスから、小さな兵隊のような迷彩服の少年、少女が降りている様子を見た。全員、いかにも規律正しく行動していた。

話し声をたてる様子はないのに、下の方からもホールからも、多くの人たちのざわめきがつたわって来た。あかりは「逃散」を見おろした時の、海鳴りのような音を思い出した。

16

知事秘書は、アサ叔母《おば》さんを若くしたような人。この谷間の出身なら、もしかして親戚《しんせき》かと思ったほどだ。手早くサイズを見はからって、緑と茶と黒の迷彩服に、同じ模様の帽子と靴を選んでくれた。朔はすぐ着替えにかかって、ひとりまた小さな兵隊ができあがった。

あかりは、ズボンのかわりにスカートの、自分に用意された上下を見て、気が進まなかった。男の子と同じ角ばったベレー帽も。一方、真木には「ベーコン」のことが気にかかっている。さらにあかりには、真木と自分が、あの少年少女のようにふるまえるとは思わなかった。

あかりは秘書の女性に相談して、午前中の集会が終わる十二時に、ＶＩＰの駐車場まで戻って来ることにした。大建築の放送塔で時間を確かめることができるから。秘書は敷地内に入る通行証をくれた。子供用の軍服がとても似合うといわれ、固いこぶしのような顔になった朔は、そのまま秘書に案内されて出て行った。

開会を知らせる、Ｒ・シュトラウスの音楽が鳴り響いた。それは建物の外にも内にも、流されている様子。真木が両耳をふさぐのを見て、あかりは会場に入らなくて正解だった、と思った。

荷物を持って、リムジンから人のいなくなった広場に降りると、警備班長が部下を連れて現れた。

——あんたらの犬には鑑札がついておらんよ、と警備班長は大声でいった。

あんたらの時代には、犬の運ぶ伝染病がどれだけ恐ろしいか、まだ科学的にわかっとらんのやろう。

真木は警戒して、「ベーコン」を抱えるようにしゃがみこんだ。

しかし、警備班長の言葉が理解できたかどうか？

あかりは新しい困難に胸をドキドキさせながら、「ベーコン」についていわれたことを真木に説明した。ところが真木は、顔をあげようともしないで、デイパックのふたを開けてゴソゴソやっていた。ベーコンの紙包みをほどいて、それも中身を全部、床に出している……

——あんたなあ、そういうのんきなことしておる場合やないよ！

警備班長はいらいらしていた。

「ベーコン」は、のんきじゃなかった。これまで見たこともない、ガツガツした様子で食べていた。唾《つば》に濡《ぬ》れた白い歯とピンク色の歯茎が見えた。食べ終わると、真木が赤茶色の首筋をバシッと叩《たた》いた。

——「ベーコン」、行け！　と真木は強い声でいった。

柴犬はまっしぐらに駆け去った。

15章　永遠のように暗い森

1

この人が戻って来なかったら、どうなっただろう？

あかりは、そう思った。

秘書の女性は、真木《まき》が犬を逃がしたことを言いつける警備班長を手で払うようにして、あかりと真木をホールのエントランスから建物の前へ降りて行く道にみちびいてくれた。

しかしあかりは、足の故障がまったくないように急ぐ真木を見ていると、心配になった。真木は「ベーコン」を探しに行くつもりにちがいない。

——昼休みまでに戻って来るといいましたが、そうできないかも知れません、とあかりはいった。

午後の集会は五時に終わるんですね？　その時間に待ち合わせる、と弟にいってくださいませんか？

秘書は、すぐ受けとめてくれた。

——わかりました。

……そうだとなると、あなたたち、昼食はどうしますか？　集会参加者のお弁当が出てますから、持って来ましょうか？

——私と兄も、弁当は持っています。

——え？　八十年も旅行して、お弁当は痛んでません？

あかりは驚いたが、秘書は、そんな言い方を楽しんでいるのだった。やはりアサ叔母《おば》さんに似ていた。

2

真木はあかりの先に立ってガソリンスタンドの角を曲がり、そのままの勢いで林道にかかった。スタンドで働く人たちの様子を振り返ると、さっきの警備員がふたりついて来ていた。真木が気にしないように、あかりは黙っていた。スギの大木のそびえ立つ暗いところを登って行くうちに、真木がこう言い出した。

——「ベーコン」を呼んではどうでしょうか？　声を聞くと、やって来ますからね。

――……真木さん、私たちは尾行《びこう》されてるのね。

いま「ベーコン」が出て来たら、警備員につかまえられるわ。

――つかまえて、どうするのか？

激しい感情を表して真木は振り返り、木立の間の男たちをにらみつけた。手に持っている枯れ枝でおどかすような身ぶりもした。

――つかまえて、……始末《しまつ》するのか？　私の「ベーコン」なのに！

真木がこれまでよりもっと早く登り出したので、あかりは発作が起こるのを心配しながらついて行った。しばらくして真木は立ちどまり、倒木につたかずらがうずたかくまとわりついている脇をじっとのぞきこんだ。

あかりは、胸のなかで声を押さえるようにした。そこは、朝早く降りて来る時、自分がこういってしまった場所なのだ。

――こんなにごたごたして暗い森に「ベーコン」が入ってしまったら、出て来られるかなあ？

真木は、土盛りをした林道のはしをヒョイと踏みこえた。そこから、水のはけ口のような細い道が斜めについている。真木は、覆いかぶさる灌木《かんぼく》を枯れ枝で押さえながら入りこんだ。いったん肩が隠れてから、振り返った真木の顔は、悲しみと怒りで歪《ゆが》んだ真赤な顔だった。

そのまま真木は、荒あらしい声で、こういった。

――私は、……だから、だめだ！

「ベーコン」は犬だから、だめだ！

そしてクルリと向こうをむき、頭をさげてからだを斜めにし進もうとする。

追いかけたあかりは、真木が押さえていた細枝に、力いっぱい顔を打たれた。あかりは尻もちをついていた。涙でいっぱいの目を開けはしたが、起き上がることはできなかった。

真木の大きい背中が、茂みごしにチラチラ見えながら遠ざかっていた。兄は何といったのだろう？　私は、……だから、だめだ！　何をいおうとしたのだろう？

あかりは湿った土に座りこんだまま泣いた。涙をぬぐった手が真赤なので調べると、痛みは感じなかったのに唇のへりが切れていた。そこを掌《てのひら》で押さえ、あらためて自分のくぐもった泣き声を聞いた。真木がどこへ消えてしまうのか、怖くてたまらなかった。

私は、……だから、だめだ！　障害者だから、だめだ！　といったのか？　あかりは心が真っ暗になった。

3

スギ林の下草に足を投げだして、あかりは泣いていた。人の気配にギクッとして立ち上がり、木立の暗い方へ逃げ出そうとして、肩を押さえられた。声も出せないで振り返ると、警備員じゃなく「ムー根拠地」の農場長だった。林道にとめられた車の高い運転台から、若者と娘が心配そうに見おろしていた。

――助けてください、兄が森に入ってしまいました！

あかりはそういったまま、農場長の腕に崩れこんだ。

4

あかりは「ムー根拠地」へ運ばれて、唇の傷の手当てを受けた。

その間もずっとあかりは、どうして真木が木立の中へ入ることになったかをうったえていた。五時になって谷間の大建築での集会が終わると、ホール前の駐車場に朔《さく》が出て来ること、知事の秘書が見つけてくれる、ということも話した。

農場長は、朔と連絡《れんらく》がとれれば、すぐに連れて来ると約束して、秘書にもらった通行証をあかりからあずかった。

まず林道から遠くない範囲を、農場の若者たちに探させる、ともいってくれた。あかりは、犬だけいたら、「ベーコン」と呼んでみるといい、と教えた。

農場長はあかりに、体力が戻るまで休むように（できれば眠っているように）いって、女の子たちの共同寝室に案内してくれた。そこで「安定剤のハーブ」の飲みものをもらった。唇には「傷薬のハーブ」という、草の葉と根をつぶしてまるめたものをばんそうこうでとめてくれた。

女の子たちは、あかりのベッドの周りに五、六人も座って、日本語だけじゃなく、いろんな外国語がまじっているらしい言葉で話していた。

その女の子たちの髪形《かみがた》や服装は、ひとりひとりほんとにバラバラで、南米の子供の写真で見たような、ひだかざりのあるスカートにガラス玉がついたチョッキの女の子もいた。みんな、自分たちの着ているものとは似ても似つかないのに、あかりの服装が気に入ってるようだった。

あかりは不思議な会話から、

――かわいい、キュート、ケ・ビエン、というような単語を聞きとった。

それでも女の子たちの言葉に気をとられたのは短い間で、恐ろしい思いがわいてきてあかりは泣いた。女の子たちはぶたれたようにしゅんとした。

5

そのうち女の子たちは黙ったまいっせいに立って、寝室のカーテンを次つぎに閉めて行った。あかりを眠らせようとしてくれている。それでも、あかりは、眠らないでいようとした。朔の到着を待って、真木を探しに行かなければならないから。

あかりが暗いなかに目を開けると取り囲んでいるキラキラした幾つもの目がホタルのようだった。もう一度目を閉じながら、

——生まれてから、こんなに苦しい気持ちでいたことはない！　とあかりは思った。

6

女の子たちが、またいっせいに走って行ってカーテンを開いた。朔が疲れた顔でベッドに近づいて来た。あかりははねあがるようにからだを起こした。

——真木さんが、私は、……だから、だめだ！　といって森に入って行った！「ベーコン」を追いかけて、それからは「ベーコン」を連れて、もう見つけることのできないところへ、行ってるかも知れない。

「ベーコン」は、犬だから、だめだ！　ともいったんだよ！

朔は、あかりの肩に両手を置いて大きい兄のようにいった。

——大丈夫！　真木さんは「ベーコン」と「森の家」に帰って来るよ。ぼくとアーちゃんも、
それにママも元気になったパパを連れて帰って、「一族再会」になるからね。

あかりは怒りでからだじゅう熱くなった。力をこめてもがき、朔の腕を振りほどくと、

——私こそだめだ！　なにもせずに、こんなところで眠っていた、と叫んだ。

サクちゃんもだめだ！　無責任にそんなことをいって……

私は、……だから、だめだ、といって、真木さんは森へ入ってしまったのに！

私ひとりで、真木さんを探しに行ってればよかった……

7

あかりと朔はトラクターのごつごつした装備の間をよじのぼり、トレーラーの牽引車《けんいんしゃ》にも使うらしい高い運転台におちついた。一度来たことのある根城《ねじろ》地区の全体が、休ませてもらった農場の建物を中心に、それぞれ個性のある小さな施設を連ねて、夕焼けた空の下に静まっていた。

運転してくれる農場長と、朔が話をした。あかりは、心がザワザワして、話に加わることが

できなかった。指を強くこすりつけるくせを止めることもできなかった。運転台の強化ガラスに頭をぶつければ、すっきりするかも知れないと思いながら、我慢してたのだ。

朔は、「ムー根拠地」の歴史を知ろうとしている。しかし農場長も、ここへ来て三十年ほどで、それ以前のことはよく知らない。

とにかく、南米やアジアのいろんな国の人たちがここに来て、政府の公社と県が運営する生産機構の建設に働いていた。その用地として谷間の全体が買い上げられたので、海外へ集団移住する人たちも出ていた。完成後、その生産機構で仕事につける人は少なかった。

農場長はメキシコから建設労務者として働きに来た。職を失った仲間たちと「ムー根拠地」に仕事を見つけて、なんとか働き続けることができたのだ。

大人たちは、農場や加工食品の工場で忙しいので、子供たちは「ムー根拠地」に昔からあるボランティアの制度に頼って集団生活している。

面白いことに、日本語とそれぞれの親たちの国の言葉をいろいろまぜ
あわせた、自分たちだけの言葉を使っている……

しまいに朔は、「千年スダジイ」が燃えたことを知っているか、と聞いた。

――「国民再出発」がいわれた時期じゃないのカッ！　国民がバラバラになって、国の力が弱くなったといってネー。

あの時、精神純化の運動もあったネー。憲法で国の宗教を定めて、それよりほかの施設は教

会でも寺でもやしろでも焼きすてた。青少年の九割が運動に参加したのやないカッ？

「ムー根拠地」は宗教とはちがうのに、攻撃されたネー。「千年スダジイ」も、この地方の遅れた信仰のしるしや、と焼かれたのではないカッ？

——今日の集会の報告に、全国の青少年組織からのメッセージが続きました。その運動から組織ができたんですか？

——それは、どうかネー、運動の行き過ぎは、政府も認めたし、外国からの批判もあったしネー。

いまの子供たちの運動は、別のものやないカッ？

じつは「ムー根拠地」の子供らにも、県からネー、制服を作って参加するようにいわれて、ことわるのに苦労したネー。

うちの子供らの言葉は、大体、よその子供らにはわからんのやないカッ？

——ケ・ビエンというのは、どういう意味ですか、と車に乗ってから初めてあかりは口をきいた。

——メキシコでは、とてもいいという時、使うネー。

8

林道から入る細道は、灌木の茂りに両側からせばめられて、黒い穴のように見えた（夕焼けた鰯雲《いわしぐも》は赤あかとしていたけれど）。農場長は、あかりと朔がふたりだけで登って行くことに反対した。

——私と弟より他の人がいると、兄は警戒して出て来ないかも知れません、とあかりはがんばった。

それでも、送るだけということで、農場長は、新式の照明器で地面を照らして先に立った。農場長は、「千年スダジイ」の焼け跡から少し離れて、高く伸びているシイの木の下に、枯れ枝と焦げた根株で焚火《たきび》をした。帰りがけ、照明器まで朔に渡してくれた。

――ぼくらの世界の科学を混乱させないように、帰る時はシイの根もとに置いて行きます、と朔は約束した。

月の光が作ったシイの影のなかに、焚火にあたりながら朔とあかりは座っていた。

――シイの木の神様、とあかりは祈った。

千年以上も年をとった木が焼かれても、こうして新しい木を育てていられる、シイの木の神様。

私を許してください。私には、知恵も勇気もないのに、シイのうろに入って旅をしてしまいました。

向こう側に帰れたなら、私はもう二度と冒険はしません。私と弟を許して、向こう側のシイのうろに戻してください。

シイの木の神様、私たちがあのなかで待っていないと、「ベーコン」を連れて帰った兄が、行き先をまちがえたと思って……暗い森の奥へ迷いこむかも知れないんです。

16章　タイムマシンの最後の約束

1

あかりは目をさました。キノコの匂《にお》いとすのこの杉板の香りのするうろに横たわっていた。毛布は暖かかった。そして、あかりはハッとした。明かり取りから照らし出されるところと、そのまわりの柔らかなかげりとに目を向けて、あかりは凍《こお》りついたようになった。

朔《さく》はいる、真木《まき》がいない……

——アーちゃん、真木さんはまだ帰ってないんだよ、とずっと目をさましていたらしい朔が声をかけてきた。

あかりは、胸の鼓動がひとつ打つごとに年をとってゆくような気持ちで話した。

——真木さんが、「ベーコン」を探して森のなかを歩いている時……私は向こう側に取り残されるのが怖くて……シイの木の神様に、帰してください、と祈ってたのね……

——……ぼくも、こちら側に帰って来なくちゃと、そのことだけ考えてたんだ、と朔はいった。

——自分のいるいまが二〇六四年だと思うとね、次つぎに怖い考えが浮かんで来て、とあかりは続けた。

世界には、もうパパもママもいない。二〇六四年まで生きてきて、悲しい顔のお年寄りになったサクちゃんだけがいる……

私はからだが弱いから、とっくに死んでる。地面に埋められた、ケシ粒みたいに小さな骨だけなのね。

そう思うともう夢中になって、シイの木の神様に、こちらのうろに帰してください、と祈ってた……

朔は考え考えいった。

——未来の大建築での集会に……千人もいる小さな兵隊のひとりでいてさ、ぼくはどうしてもいやだ、と思った。こちら側に帰って、あんなことにならないために働こう、と思ったんだ。……つまり、ぼくは真木さんのことより、自分のことを考えてたと思うよ。

——私も「ムー根拠地」を出る時、あんなにサクちゃんに腹を立てていたのに……ひとりで真木さんを探し出そうと、決心してたのに。

シイの木にもたれて焚火《たきび》にあたって、月の光に照らされた森を見てると……怖くなったのね。

――……やはり、ぼくも怖かったんだよ、と朔がいった。

2

カチリと鍵《かぎ》の音がした。シイの木のうろの扉が、外側から開かれて光があふれた。くもの巣や草の実だらけ、泥だらけのジャンパーの真木が立っていた。足もとの「ベーコン」ともども強い匂いがして、「逃散《ちょうさん》」の子供たちのようだった。

――私は、歩いて帰って来ました、とすり傷とみみずばれのある汚れた顔で、真木はいった。「ベーコン」は道を知っていましたからね、夜じゅう歩いて来たんです。

あかりはからだのなかのバネがいっせいにはじけたようで、毛布の上に仁王《におう》だちになった。朔も同じく跳《と》び立《た》つように乗り出して来た。朔と肩をぶつけあって、あかりは笑った。頬《ほお》には、屋根ではねるあられのように元気よく、涙が転がった。

――真木さん、すごいねえ！　とあかりはおしゃべりになった。森のなかを歩いて、八十年も横切っちゃったの？　お弁当は食べてた？　そうだと、正解だったね！

ところが真木は、あかりの話を聞いているのかどうか、

――私は……歩いて帰って来ました、とノロノロ繰り返した。

「ベーコン」は道を知っていましたからね……夜じゅう歩いて来たんです。

その声はうわずって、かすれていた。「ベーコン」の方が気を使って、真木の足もとからしきりに見上げていた。

――アーちゃん……私は「童子《どうじ》」だから……行かなくちゃだめだといったでしょう？　「ベーコン」は犬だから……見つけてやらなきゃ……だめだ……といいました。

あかりは、

――どうしたの、真木さん、どうしたの？　もう帰って来たんだからいいよ、「ベーコン」が心配して……といいかけて口をつぐんだ。

真木の顔は汚れてるだけじゃなく、赤黒く熱をおびている。もともと外斜視の目が、片方は顔のへりに引きつれていて、両目とも、なにも見ていなかった。

――私は……歩いて……帰って来ました……「ベーコン」は道を知っていましたからね（「ベ

ーコン」が弱よわしく吠《ほ》えた）……夜じゅう……歩いて来たんです。

朔も息をのむ気配。それがあかりに、真木が、いつもの発作とはちがう「大発作」に落ち込もうとしていることを教えたのだ。

両親がアメリカに発《た》つ前、あかりが友達に教わったイタリア料理店に一家で行った。帰りの新宿駅で、プラットフォームにひとり離れて立っていた真木が、いまと同じ目つきをして、

——私はひとりで伊豆へまいろうと思います、と言いはじめた。

伊豆半島が流れてしまわないうちに、到着すればいいと思います！

それはずっと以前、伊豆に出かける予定が台風で中止になった時、真木が反抗した言葉だった。

「もの知り」小学生だった朔が、伊豆半島は太平洋を流れて来てくっついた島だから、とあきらめさせようとしたので、こういった。なだめようと近づく父を避けて、真木は入って来る電車に向けて後退し、父がタックルしてつかまえた。父は肩の脱臼《だっきゅう》でアメリカへの出発が遅れることになった。

あかりがそっとうろから出た時、なにも見ないで同じ言葉を繰り返していた真木が、棒を倒すように倒れた。その頭が石にぶつからないように跳び込《とこ》んだあかりは、逃げる「ベーコン」の腰が、血と毛と泥でゴワゴワしているのを見た。

3

いったんシイの木のうろに寝かせてから、朔が真木を運ぶ手配をムー小父《おじ》さんに頼みに行った。往復を走りづめだった朔が戻って来た後、あかりたちは真木が大きいいびきをかいて眠る脇に、見棄《みす》てられた弟妹のように座っていた。

——初め、そおっと近づいてたね、と朔がいった。真木さんが本当に帰って来てるか、半信半疑で、さわってみたいのかと思ったよ。

——声を出して驚かせたら、ヒョイと別の時間に入りこんでしまうような気がしたから……おかしいね。

——おかしくないよ、真木さんはなんだか不思議だったもの。

この前の、危なかった時も、パパが奮闘しなかったら、電車が真木さんを連れてったかも知れないんだ。

あの電車のように、真木さんの周りには、幾つもの別の時間が走ってるんじゃないかと思うよ。

「夢を見る人」のタイムマシンなしで、八十年先から帰って来たんだしさ。

——私はね、今度もやはりあれに乗ったんだと思う、とあかりはいった。

未来の森を歩いてるうちに「大発作」で倒れたら、その後このように眠ったはずでしょう？「ベーコン」が負傷してたのは、倒れる真木さんの下敷きになってくれたからじゃない？

朔がうろの外に探しに行ったが、もう「ベーコン」を見つけることはできなかった。

4

ずっと後になるまで（そういっても、冒険続きだった夏休みの年の、クリスマスからお正月への週にアメリカから帰国した父と母が、アサ叔母《おば》さんとムー小父さんにお礼をいうために、「三人組」を、四国へ連れて行ってくれた時まで、ということ）、あかりにはひとつわからないことがあった。

真木が「ベーコン」を探しに森に入ってしまい、もう兄とは会えず、朔と自分もこちら側に戻って来ることはできないのじゃないか？　と胸のつぶれそうな、その心配があった時のこと。朔にも同じ心配があったはずなのに、女の子たちの共同寝室に入って来た弟は、あかりにこういったのだ。

――大丈夫！　真木さんは「ベーコン」と「森の家」に帰って来るよ。ぼくとアーちゃんも、それにママも元気になったパパを連れて帰って、「一族再会」になるからね。

なぜ？

5

谷間に着いた翌朝、「森の家」は大雪のなかだったから、アサ叔母さん、ムー小父さん、それに新《あらた》とカッチャンをお客に迎え、両親と「三人組」は、暖炉に薪《まき》を燃やして、ずっと話をした。

夏休みの冒険以来、朔は慎重になっていた。これまでに未来の森と谷間の様子を新とカッチャンに報告はしていたけれど、真木がいなくなった時のことと、千人もの子供たちの集会のことは話さないできた。

はじめの方は、思い出すのが苦しかったし、後の方は、あまり不吉なことを話してその時代まで生きる人の勇気をくじかないという、タイムマシンの最後の約束があったから。

午後になって、新とカッチャンが、真木とあかりをカシ木立のなかのそり遊びに連れ出してくれた。母は昼食で感心した、ムー小父さんのピザ焼きかまどを見に行った。

朔は、帰国以来初めてふたりきりになった（もう二〇六四年には生きていない）父に、同じ制服の子供たちが姿勢正しく立ち、胸に手をあてて合唱する集会のことを話した。

――私は、「新しい人」というテーマを考えたり、書いたりしてきた、きみにいったこともある、と父は答えてから、ひとつ深呼吸をした。

ところがね、ずっと気になっていたフランス語の文章をアメリカで読むことができて、あらためて考えたんだ。まず、「新しい人」という言葉が、私のとは別の意味で使われていた。ヴァレリーという大詩人が、私の生まれた年に、母校の中学生に講演してるのね。ヨーロッパのいくつかの場所で、国家につかえる国民を作ろうとしている。計画し、仕込み、ひとつ方針の教育をして、社会の仕組みや経済にそのままついて来る国民を育てている。……精神の自由と、せんさいな教養が、子供への押しつけで壊される。私はそれを恐れる、とヴァレリーはいうんだ。

いつの時代にも、政治の世界や実業界や、マスコミで権力を握る連中は、この種の「新しい人」を作ろうとするんだよ。

そして、こういう「新しい人」がつかえて繁栄した国家は、いつの時代にも永続きしなかった。周りの国々を悲惨なことにした上で、滅びた。ヴァレリーの時代では、ナチス・ドイツがそうだった。この国も私が十歳の時、戦争に負けるまでそうだった。

ところが今また、もう一度やろうとする連中が出て来てるんだ。

私がきみにいいたいのは、こんな型にはまった人間とはちがう、ひとり自立してるが協力し合いもする、本当の「新しい人」になってほしいということね。どんな「未来」においても。

私はきみのいうとおり、タイムマシンの最後の約束に縛られるほど永くは生きないからね、それをねがう、といっときたいんだ。

6

朔は、決心した。夏休みの冒険で、「三人組」のために自分がそうする必要があった時、決心したように。

――「ピンチ」というのは、具体的にどういうことですか？

自殺したくなるんですか？

父はジロリと朔を見てから、目をそらした。もう微笑のカケラもなく、色つやの悪い目元《めもと》が薄い赤に染まって来た。

――……ぼくはパパの留守の間、郵便物を整理する係でした。そのなかに、もと新聞記者の出してる七、八ページの「通信」があって、パパが「小ずるい言論弾圧をする」と書いていました。

新宿駅で障害のある息子を道連れに自殺しようとして失敗した。それを記事にしようとするメディアに手をまわした……

ぼくが苦しかったのは、パパが真木さんを救うふりをして、本当は心中したかったのかも知れない、そう考える時でした。

しかし夏休みの終わりに、真木さんの「大発作」をアーちゃんが跳び込んで助けたのを見て、パパもああするほかなかったのがわかりました。その上でということですが、「ピンチ」はもう来ないでしょうか？

父は黙って雪が降るカシ木立を見ていた。もう顔だけじゃなく、しわだらけの首まで、赤くなっていた。ところが、朔の方に向けた目はなごんでいるのだ。

――今度の「ピンチ」の最中に、バークレイの新入生たちを見ることもあってさ、仏文科に進んだころを思い出してたんだ、と父は話した。

学期初めで、原書講読のクラスは、まずアタる学生をきめるのね。私は張り切って、三課目も志願してさ。先輩や同級生から笑われてたらしいんだ。

徹夜して調べてもわからないところが残って、暗い気持ちで本郷通りの電車に乗ったよ。ところが街路樹の若葉で明るい座席に、助手のシミズさんが座っていて、ニッコリしてくれた。私は勇気を出して質問してさ、カンペキに教えてもらった！

それを思い出すと、あの若葉の光が心にさしこむふうでね、久しぶりによく眠って、朝のうちに手紙を書いたんだ。いまはヴァレリー学者のシミズさんに、見る（voir《ヴワール》）ことは、予見する（prévoir《プレヴワール》）ことだというのがある文章を教えてください、と……

すぐに送ってもらったのが、さっき話した講演のテキストでね。その初めのところが、ずっと私の頭にあったわけなんだ……

フランス語だと fonction《フォンクシオン》 だから、文語的に訳すなら「職能」でいいけれど、サクちゃん、

きみたちこんな言葉は使わないだろう？　それで私は、「仕事」とか「働き」とかにしたい……

　私らの大切な仕事は、未来を作るということだ、私らが呼吸をしたり、栄養をとったり、動きまわったりするのも、未来を作るための働きなんだ。ヴァレリーは、そういうんだ。私らはいまを生きているようでも、いわばさ、いまに溶けこんでる未来を生きている。過去だって、いまに生きる私らが未来にも足をかけてるから、意味がある。思い出も、後悔すらも……

　私が「ピンチ」だったのは、自分のいまに未来を見つけないでさ、閉じてしまった扉のこちら側で、思い出したり後悔したりするだけだったからじゃないか？　もう残っているいまは短いが、そこにふくまれる未来を見ようと思い立ってね。

それが「ピンチ」を脱け出すきっかけになった。お薬の力もあるよ。しかし、未来を作る仕事として薬をのんでるんだ。もう後戻りはないと、私としては思う。

さて、まあ、それはそういうことだ……サクちゃん、きみも真木さんやアーちゃんと、また新しい友達諸君とさ、光と雪にまみれてみてくれ。

私はこの森のなかの、過去と未来の子供たちに重ねて、いまの生き生きしたきみたちを見たい……

朔が雪のなかに出て行くと、真木はいかにも自然に、ずっと見なかった「べーコン」を脇に走らせ、そりに乗っていた。そのうち雪がやみ、明るくなったので、父と母も呼び出して、ムー小父さんがみんなの写真をとった。ヨーロッパの古道具屋で買って来た大きい木箱の写真機で、自動シャッターも古くて大騒ぎ。

撮影の後、朔はあかりに秘密を打ち明けた。

――アーちゃん、「ムー根拠地」の農場長さんの部屋で、きみが目をさますまで待ってる間に、ぼくはね、壁にかかった八十年も古びてる写真を見てたんだよ！

いまぼくたちは、その写真をとったところです。

『読売新聞』二〇〇三年一月四日〜十月二十五日土曜朝刊連載

二《に》百《ひゃく》年《ねん》の子供《こども》

二〇〇三年一一月一五日　初版印刷
二〇〇三年一一月二五日　初版発行

著　者　大江健三郎《おおえけんざぶろう》
発行者　中　村　仁
発行所　中央公論新社
〒一〇四-八三二〇
東京都中央区京橋二-八-七
電話　販売部　〇三（三五六三）一四三一
　　　編集部　〇三（三五六三）三六九二
振替　〇〇一二〇-五-一〇四五〇八

印　刷　三晃印刷（本文）
　　　　大熊整美堂（カバー・表紙・扉）
製　本　小泉製本

Printed in Japan CHUOKORON-SHINSHA, INC.
URL http://www.chuko.co.jp/

ISBN4-12-003476-3 C0093

定価はカバーに表示してあります。
落丁本・乱丁本はお手数ですが小社販売部宛お送り下さい。
送料小社負担にてお取り替えいたします。